Сергей Донатович
ДОВЛАТОВ
1941 — 1990

Сергей
ДОВЛАТОВ

Компромисс

АЗБУКА

Санкт-Петербург

УДК 821.161.1
ББК 84(2Рос-Рус)6-44
Д 58

Публикуется с любезного разрешения
Елены и Екатерины Довлатовых

Серийное оформление Вадима Пожидаева

Оформление обложки Валерия Гореликова

Иллюстрация на обложке Михаила Беломлинского

ISBN 978-5-389-02277-5

Н. С. Довлатовой — за все мученья!

...И остался я без работы. Может, думаю, на портного выучиться? Я заметил — у портных всегда хорошее настроение...

Встречаю Логинова с телевидения.

— Привет. Ну, как?

— Да вот, ищу работу.

— Есть вакансия. Газета «На страже Родины». Запиши фамилию — Каширин.

— Это лысый такой?

— Каширин — опытный журналист. Человек — довольно мягкий...

— Дерьмо, — говорю, — тоже мягкое.

— Ты что, его знаешь?

— Нет.

— А говоришь... Запиши фамилию.

Я записал.

— Ты бы оделся как следует. Моя жена говорит, если бы ты оделся как следует...

Между прочим, его жена звонит как-то раз... Стоп! Открывается широкая волнующая тема. Уведет нас далеко в сторону...

— Заработаю — оденусь. Куплю себе цилиндр...

Я достал свои газетные вырезки. Отобрал наиболее стоящие. Каширин мне не понравился. Тусклое лицо, армейский юмор. Взглянув на меня, сказал:

— Вы, конечно, беспартийный?

Я виновато кивнул. С каким-то идиотским простодушием он добавил:

— Человек двадцать претендовало на место. Поговорят со мной... и больше не являются. Вы хоть телефон оставьте.

Я назвал случайно осевший в памяти телефон химчистки.

Дома развернул свои газетные вырезки. Кое-что перечитал. Задумался...

Пожелтевшие листы. Десять лет вранья и притворства. И все же какие-то люди стоят за этим, какие-то разговоры, чувства, действительность... Не в самих листах, а там, на горизонте...

Трудна дорога от правды к истине.

В один ручей нельзя ступить дважды. Но можно сквозь толщу воды различить усеянное консервными банками дно. А за пышными театральными декорациями увидеть кирпичную стену, веревки, огнетушитель и хмельных работяг. Это известно всем, кто хоть раз побывал за кулисами...

Начнем с копеечной газетной информации.

КОМПРОМИСС ПЕРВЫЙ

(«Советская Эстония». Ноябрь. 1973 г.)

«НАУЧНАЯ КОНФЕРЕНЦИЯ. Ученые восьми государств прибыли в Таллин на 7-ю Конференцию по изучению Скандинавии и Финляндии. Это специалисты из СССР, Польши, Венгрии, ГДР, Финляндии, Швеции, Дании и ФРГ. На конференции работают шесть секций. Более 130 ученых: историков, археологов, лингвистов — выступят с докладами и сообщениями. Конференция продлится до 16 ноября».

Конференция состоялась в Политехническом институте. Я туда заехал, побеседовал. Через пять минут информация была готова. Отдал ее в секретариат. Появляется редактор Туронок, елейный, марципановый человек. Тип застенчивого негодяя. На этот раз возбужден:

— Вы допустили грубую идеологическую ошибку.

— ?

— Вы перечисляете страны...

— Разве нельзя?

— Можно и нужно. Дело в том, как вы их перечисляете. В какой очередности. Там идут Венгрия, ГДР, Дания, затем — Польша, СССР, ФРГ...

— Естественно, по алфавиту.

— Это же внеклассовый подход, — застонал Туронок, — существует железная очередность. Демократические страны — вперед! Затем — нейтральные государства. И, наконец, — участники блока...

— О'кей, — говорю.

Я переписал информацию, отдал в секретариат. Назавтра прибегает Туронок:

— Вы надо мной издеваетесь! Вы это умышленно проделываете?!

— Что такое?

— Вы перепутали страны народной демократии. У вас ГДР после Венгрии. Опять по алфавиту?! Забудьте это оппортунистическое слово! Вы работник партийной газеты. Венгрию — на третье место! Там был путч.

— А с Германией была война.

— Не спорьте! Зачем вы спорите?! Это другая Германия, другая! Не понимаю, кто вам доверил?! Политическая близорукость! Нравственный инфантилизм! Будем ставить вопрос...

За информацию мне уплатили два рубля. Я думал — три заплатят...

КОМПРОМИСС ВТОРОЙ

(«Советская Эстония». Июнь. 1974 г.)

«СОПЕРНИКИ ВЕТРА (Таллинскому ипподрому — 50 лет). Известные жокеи, кумиры публики — это прежде всего опытные зоотехники, которые настойчиво и терпеливо совершенствуют породу, развивают у своих «воспитанников» ценные наследственные признаки. Кроме того, это спортсмены высокой квалификации, которые раз в неделю отчитываются в своих успехах перед взыскательной таллинской публикой. За пятьдесят лет спортсмены отвоевали немало призов и дипломов, а в 1969 году мастер-наездник Антон Дукальский на жеребце Таль-

ник выиграл Большой всесоюзный приз. Среди звезд таллинского ипподрома выделяются опытные мастера — Л. Юргенс, Э. Ильвес, Х. Ныммисте. Подает надежды молодой спортсмен А. Иванов.

В ознаменование юбилея на ипподроме состоится 1 августа конный праздник».

Таллинский ипподром представляет собой довольно жалкое зрелище. Грязноватое поле, косые трибуны. Земля усеяна обрывками использованных билетов. Возбужденная, крикливая толпа циркулирует от бара к перилам.

Ипподром — единственное место, где торгуют в розлив дешевым портвейном.

В кассе имеются билеты двух типов — экспрессы и парки. Заказывая экспресс, вы должны угадать лидеров в той последовательности, в какой они финишируют. Парка — угадываете двух сильнейших финалистов в любой очередности. За парный билет соответственно выплата меньше. И за фаворитов платят мало. На них ставит весь ипподром, все новички. Значительный куш дают плохие лошади, случайно оказавшиеся впереди. Фаворита угадать нетрудно. Труднее предусмотреть неожиданное — вспышку резвости у какого-нибудь шелудивого одра. Классные наездники за большие деньги придерживают фаворитов. Умело отстать — это тоже искусство. Это даже труднее, чем победить. Впереди оказываются посредственные лошади. Выигрыши достигают иногда ста пятидесяти рублей. Однако хорошие наездники вряд ли захотят иметь с вами дело. У них солидная клиентура. Проще договориться с жокеем третьей категории. Играть на бегах ему запрещено. Он действует через подставных лиц. Берет программу завтрашних скачек и размечает ее для вас. Указывает трех сильнейших лошадей в каждом заезде. А вы, согласно указаниям, покупаете билеты и на его долю тоже.

Я решил написать юбилейную заметку об ипподроме. Побеседовал с директором А. Мельдером. Он вызвал Толю Иванова.

— Вот, — говорит, — молодое дарование.

Мы пошли с Ивановым в буфет. Я сказал:

— У меня есть лишние деньги, рублей восемьдесят. Что вы посоветуете?

— В смысле?

— Я имею в виду бега.

Иванов опасливо на меня взглянул.

— Не бойся, — говорю, — я не провокатор, хоть и журналист.

— Да я не боюсь.

— Так в чем же дело?

В результате он «подписался»:

— Дукель (то есть Дукальский) ставит через приезжих латышей. Это крутой солидняк. Берут заезды целиком, причесывают наглухо. Но это в конце, при значительных ставках. А первые три заезда можно взять.

Я достал программу завтрашних скачек. Толя вынул карандаш...

После третьего заезда мне выплатили шестьдесят рублей. В дальнейшем мы систематически уносили от тридцати до восьмидесяти. Жаль, что бега проводились раз в неделю.

Летом Толя Иванов сломал ногу и обе ключицы. Лошади тут ни при чем. Он выпал пьяный из такси.

С ипподромом было покончено. Уже несколько лет «соперник ветра» работает барменом в Мюнди.

КОМПРОМИСС ТРЕТИЙ

(«Молодежь Эстонии». Август. 1974 г.)

«Я ЧУВСТВУЮ СЕБЯ КАК ДОМА (Гости Таллина). У Аллы Мелешко на редкость привлекательное лицо. Это, конечно, не главное в жизни. И все-таки, все-таки... Может быть, именно здесь таится причина неизменного расположения окружающих к этой смешливой, чуть угловатой девчонке...

Алла не принадлежит к числу именитых гастролеров. Не является участником высокого научного симпозиума. Спортивные рекорды — не ее удел...

Аллу привело в наш город... любопытство. Да, да, именно любопытство, беспокойное чувство, заставляющее человека неожиданно покидать городской уют. Я бы назвал его — чувством дороги, соблазном горизонта, извечным нетерпением путника...

«В неустойчивости — движение!» — писал знаменитый теоретик музыки — Черни...

Мы решили задать Алле несколько вопросов:

— Что вы можете сказать о Таллине?

— Это замечательный город, уютный и строгий. Поражает гармоническим контрастом старины и модерна. В его тишине и спокойствии ощущается гордая мощь...

— Как вы здесь оказались?

— Я много слышала о здешних дизайнерах и живописцах. Кроме того, я люблю море...

— Вы путешествуете одна?

— Мои неизменные спутники — фотоаппарат и томик Александра Блока.

— Где вы успели побывать?

— На Вышгороде и в Кадриорге, где меня окружали ручные белки, доверчивые и трогательные.

— Каковы ваши дальнейшие планы?

— Кончится лето. Начнутся занятия в моей хореографической студии. Снова — упорный труд, напряженная работа... Но пока — я чувствую себя здесь как дома!»

В этой повести нет ангелов и нет злодеев... Нет грешников и праведников нет. Да и в жизни их не существует. Вот уже несколько лет я наблюдаю...

Один редактор говорил мне:

— У тебя все действующие лица — подлецы. Если уж герой — подлец, ты должен логикой рассказа вести его к моральному краху. Или к возмездию. А у тебя подлецы — нечто естественное, как дождь или снег...

— Где же тут подлецы? — спрашивал я. — Кто, например, подлец?

Редактор глядел на меня как на человека, оказавшегося в нехорошей компании и пытающегося выгородить своих дружков...

Я давно уже не разделяю людей на положительных и отрицательных. А литературных героев — тем более. Кроме того, я не уверен, что в жизни за преступлением неизбежно следует раскаяние, а за подвигом — блаженство. Мы есть то, чем себя ощущаем. Наши свойства, достоинства и пороки извлечены на свет божий чутким прикосновением жизни... «Натура — ты моя богиня!» И так далее... Ладно...

В этой повести нет ангелов и нет злодеев, да и быть не может. Один из героев — я сам. Выведен также Миша Шаблинский, с характерными для него выражениями — «спонтанная апперцепция», «имманентный дуализм»... Далее фигурирует Митя Кленский, его тоже легко узнать. Пристрастие к анодированным зажимам для галстука и толстым мундштукам из фальшивого янтаря снискало ему широкую известность.

Что нас сближало? Может быть, как это получше выразиться, легкая неприязнь к официальной стороне газетной работы. Какой-то здоровый цинизм, помогающий избегать громких слов...

В нашей конторе из тридцати двух сотрудников по штату двадцать восемь называли себя: «Золотое перо республики». Мы трое в порядке оригинальности назывались — серебряными. Дима Шер, написавший в одной корреспонденции: «Искусственная почка — будничное явление наших будней», слыл дубовым пером.

В общем, мы дружили. Шаблинский работал в промышленном отделе, его материалы не вызывали дискуссий. В них преобладали цифры, рассчитанные на специфического читателя. Кленский трудился в отделе спорта, вел ежедневную хронику. Его точные деловые сообщения были лишены эмоций. Я писал фельетоны. Мне еще в апреле сказал редактор: «Будешь писать фельетоны — дадим квартиру».

Трудное это дело. Каждый факт надо тщательно проверять. Объекты критики изворачиваются, выгораживая себя. Город маленький, люди на виду. Короче, дважды меня пытались бить. Один раз — грузчики товарной станции (им это удалось). Затем — фарцовщик Чигирь, который ударил меня шляпой «борсалино» и тут же получил нокаут.

На мои выступления приходили бесчисленные отклики. Иногда в угрожающей форме. Меня это даже радовало. Ненависть означает, что газета еще способна возбуждать страсти.

Каждый из нас занимался своим делом. Все трое неплохо зарабатывали. Шаблинский привозил из командировок вяленую рыбу, утиные яйца и даже живых поросят. Кленский писал монографии за одного ветерана спорта, которого называл — «добрый плантатор». Короче, работали мы добросовестно и честно...

Что же дальше? Ничего особенного. К Мите Кленскому приехала гостья из Двинска. Я даже не знаю, что она имела в виду. Есть такие молодые женщины, не то чтобы порочные, развратные, нет, а, как бы это лучше выразиться, — беспечные. Их жизнь — сплошное действие. За нагромождением поступков едва угадывается душа. С чудовищными усилиями, ценою всяких жертв обзаводятся, например, девушки импортными сапогами. Трудно представить, как много времени и сил это отнимает. А потом — демонстрация импортных сапог. Бесчисленные компании, танцы или просто — от универмага до ратуши, мимо сияющих витрин. Иногда сапоги темнеют около вашей кровати: массивные подошвы, надломленные голенища. И не какой-то жуткий разврат. Просто девушки не замужем. Выпили, автобусы не ходят, такси не поймать. И хозяин такой симпатичный. В доме три иконы, автограф Магомаева, эстампы, Коул Портер... По вечерам девушки танцуют, а днем работают. И неплохо работают. А в гости ходят к интересным людям. К журналистам, например...

Митя заглянул к нам в отдел. С ним была девушка.

— Посиди тут, — сказал он ей, — мой зав не в духе. Серж, ничего, она здесь посидит?

Я сказал:

— Ничего.

Девушка села у окна, вынула пудреницу. Митя ушел. Я продолжал трудиться без особого рвения. Фельетон, который я писал, назывался «ВМК без ретуши». Что такое «ВМК» — начисто забыл...

— Как вас зовут?

— Алла Мелешко. А правда, что все журналисты мечтают написать роман?

— Нет, — солгал я.

Девушка подкрасила губы и начала вертеться. Я спросил:

— Где вы учитесь?

Тут она начала врать. Какая-то драматическая студия, какая-то пантомима, югославский режиссер вызывает ее на съемки. Зовут режиссера Йошко Гати. Но какой-то «Интерсин» валюту не переводит...

Как благородно эволюционировало вранье за последние двести лет! Раньше врали, что есть жених, миллионер и коннозаводчик. Теперь врут про югославского режиссера. Когда-то человек гордился своими рысаками, а теперь... вельветовыми шлепанцами из Польши. Хлестаков был с Пушкиным на дружеской ноге, а мой знакомый Генрих вернулся из Москвы подавленный и тихий — Олжаса Сулейменова увидел в ЦУМе. Даже интеллигентные люди врут, что у них приличная зарплата. Я сам всегда рублей двадцать прибавляю, хотя действительно неплохо зарабатываю... Ладно...

Стала она врать. Я в таких случаях молчу — пусть. Бескорыстное вранье — это не ложь, это поэзия. Я даже почему-то уверен, что ее вовсе не Аллой звали...

Потом явился Кленский.

— Ну все, — говорит, — триста строк у ответсека в папке. Можно и расслабиться.

Я мигом закруглил свой фельетон. Написал что-то такое: «...Почему молчали цеховые активисты? Куда глядел товарищеский суд? Ведь давно известно, что алчность, умноженная на безнаказанность, кончается преступлением!..»

— Ну, пошли, — говорит Кленский, — сколько можно ждать?!

Я сдал фельетон, и мы позвонили Шаблинскому. Он искренне реагировал на призыв:

— У Розки сессия. Денег — восемь рублей. Завтра у меня творческая среда. Как говорится, одно к одному...

Мы собрались на лестничной площадке возле лифта. Подошел Жбанков со вспышкой, молча сфотографировал Аллу и удалился.

— Какие планы? — спросил я.

— Позвоним Верке.

Вера Хлопина работала в машинописном бюро, хотя легко могла стать корректором и даже выпускающим. Нервная, грамотная и толковая, она вредила себе истерической, дерзкой прямотой. У нее охотно собиралось газетное руководство. Холостяцкая обстановка, две комнаты, Верины подружки, музыка... Выпив буквально две рюмки, Хлопина становилась опасной. Если ей что-то не нравилось, она не подбирала выражений. Помню, она кричала заместителю редактора молодежной газеты Вейсблату:

— Нет, вы только послушайте! Он же темный, как Армстронг! Его в гараж механиком не примут!

И женщинам от нее доставалось. За все — за умение сублимировать грешки, за импортные наряды, за богатых и вялых мужей.

Нам троим Вера симпатизировала. И правильно. Мы не были карьеристами, не покупали автомашин, не важничали. И мы любили Веру. Хотя отношения с ней у всех троих были чисто приятельские. Вечно раскрасневшаяся, полная, чуточку нелепая, она была предельно целомудренна.

Хлопина не то чтобы любила выпить. Просто ей нравилось организовывать дружеские встречи, суетиться, бегать за рислингом, готовить закуску. Нам она говорила:

— Сейчас позвоню Людке из галантерейного отдела. Это фантастика! Осиная талия! Глазищи зеленые, вот такие!..

Людке кричала по телефону:

— Все бросай, лови мотор и к нам! Жду! Что? Писатели, журналисты, водки навалом, торт...

В результате приезжала Людка, высокая, стройная, действительно — глазищи... с мужем, капитаном УВД...

Все это делалось абсолютно бескорыстно. Просто Вера была одинока.

И вот мы к ней поехали. Купили джина с тоником и все, что полагается. Должен сказать, я эти вечеринки изучил. Знаю наперед, что будет дальше. Да и проходят они всегда одинаково. Раз и навсегда заведенный порядок. Своего рода концерт, где все номера значатся в программе.

Шаблинский поведает о какой-нибудь фантастической горкомовской охоте. Там будут вальдшнепы орлиных размеров, лесная избушка с финской баней, ереванский коньяк... Затем я перебью его своей излюбленной шуткой:

— А среди деревьев бегают инструкторы райкома в медвежьих шкурах...

— Завидуешь, — беззлобно ухмыльнется Шаблинский, — я же говорил — поедем...

Затем Кленский сообщит что-нибудь об ипподроме. И будут мелькать удивительные лошадиные клички: Ганнибал, Веселая Песенка, Рок-н-ролл. «Дукель его причесывает на вираже, у фаворита четыре сбоя, у меня в кармане шесть экспрессов, и в результате — столб-галоп!..»

Затем хозяйка опьянеет и выскажет то, что думает о каждом из нас. Но мы привыкли и не обижаемся. Кленскому достанется за его безвкусный галстук. Мне — за лояльность по отношению к руководству. Шаблинскому за снобизм. Выяснится, что она требовательно и пристрастно изучает все наши корреспонденции. Потом начнутся вечные журналистские разговоры, кто бездарный, кто талантливый, и довоенные пластинки, и слезы, и чудом купленная водка, и «ты меня уважаешь?» в финале. Кстати, неплохая рубрика для сатирического отдела...

В общем, так и получилось. Жарили какие-то сосиски на палочках. Вера опьянела, целовала портрет Добролюбова: «Какие были люди!..» Шаблинский рассказал какую-то пошлость о Добролюбове, я вяло опроверг. Алла врала что-то трогательное в своей неубедительности, якобы Одри Хепберн прислала ей красящий шампунь...

Потом она уединилась с Митей на кухне. А Кленский обладал поразительным методом воздействия на женщин. Метод заключался в том, что он подолгу с ними разговаривал. Причем не о себе, о них. И что бы он им ни говорил: «Вы склонны доверять людям, но в известных пределах...» — метод действовал безот-

21

казно и на учащихся ПТУ, и на циничных корреспон-
денток телевидения.

Мы с Шаблинским быстро наскучили друг другу.
Он, не прощаясь, ушел. Вера спала. Я позвонил Марине и тоже уехал.

Алле я сказал только одну фразу: «Хотите, неза-
метно исчезнем?» Я всем говорю эту фразу. (Женщинам, разумеется.) Или почти всем. На всякий случай.
Фраза недвусмысленная и безобидная при этом.

— Неудобно, — сказала Алла, — я же к Мите приехала...

Утром было много дел в редакции. Я готовил полосу о «народном контроле» и лечился минеральной
водой. Шаблинский расшифровывал свои магнито-
фонные записи после конференции наставников. Появился Кленский, угрюмый, осунувшийся. Высказался загадочно и абстрактно: «Это такая же фикция, как
и вся наша жизнь». В обед зазвонил телефон:

— Это Алла. Митю не видели?

— А, — говорю, — здравствуйте. Ну как?

— Гемоглобин — 200.

— Не понял.

— Что за странные вопросы: «Ну как?»... Парши-
во, как же еще...

Пошел искать Кленского, но мне сказали, что он
уехал в командировку. В поселке Кунгла мать-герои-
ня родила одиннадцатое чадо. Я передал все это Алле. Алла говорит:

— Вот сволочь, и не предупредил...

Наступило молчание. Это мне не понравилось. Я-то при чем? И полосу надо сдавать. Заголовки какие-то жуткие: «Баллада о пропавшем арифмометре»... А Митька действительно хорош, уехал и барышню не предупредил. Мне стало как-то неловко.

— Хотите, — говорю, — позавтракаем вместе?

— Да вообще позавтракать бы надо. Состояние какое-то непонятное.

Я назначил ей свидание. Затем разбросал по столу бумаги. Создал видимость труда...

Был прохладный и сумрачный майский день. Над витринами кафе хлопали полотняные тенты. Алла пришла в громадном коленкоровом сомбреро. Она им явно гордилась. Я с тоской огляделся. Не хватало еще, чтобы меня видели с этим сомбреро Маринины подруги. Поля его задевали водосточные трубы. В кафе выяснилось, что оно ловко складывается. Мы съели какие-то биточки, выпили чаю с пирожными. Она держалась так, словно у нее могли быть претензии ко мне. Я спросил:

— У вас, наверное, каникулы?

— Да, — говорит, — «римские каникулы».

— Действительно, принцесса среди журналистов. Как вас мама отпустила?

— А чего?

— Незнакомый город, соблазны...

— Встречаются две мамаши: «Как же ты дочку-то отпустила?» — «А чего беспокоиться? Она с девяти лет под надзором милиции...»

Я вежливо засмеялся. Подозвал официанта. Мы расплатились, вышли. Я говорю:

— Ну-с, был счастлив лицезреть вас, мадам.

— Чао, Джонни! — сказала Алла.

— Тогда уж не Джонни, а Джованни.

— Гуд бай, Джованни!

И она ушла в громадной коленкоровой шляпе, тоненькая, этакая сыроежка. А я поспешил в редакцию. Оказывается, меня уже разыскивал секретарь. К шести часам полоса была готова.

Вечером я сидел в театре. Давали «Колокол» по Хемингуэю. Спектакль ужасный, помесь «Великолепной семерки» с «Молодой гвардией». Во втором акте, например, Роберт Джордан побрился кинжалом. Кстати, на нем были польские джинсы. В точности как у меня.

В конце спектакля началась такая жуткая пальба, что я ушел, не дожидаясь оваций. Город у нас добродушный, все спектакли кончаются бурными аплодисментами...

Рано утром я пришел в контору. Мне была заказана положительная рецензия. Мертвея от табака и кофе, начал писать:

«Произведения Хемингуэя не сценичны. Единственная драма этого автора не имела театральной биографии, оставаясь „повестью в диалогах". Она хорошо читается, подчеркивал автор. Бесчисленные попытки Голливуда экранизировать...»

Тут позвонила Вера. Я говорю:

— Ей-богу, занят! В чем дело?

— Поднимись на минутку.

— Что такое?

— Да поднимись ты на минутку!

— А, черт...

Вера ждала меня на площадке. Раскрасневшаяся, нервная, печальная.

— Ты понимаешь, ей деньги нужны.

Я не понял. Вернее — понял, но сказал:

— Не понимаю.

— Алке деньги нужны. Ей улететь не на что.

— Вера, ты меня знаешь, но до четырнадцатого это исключено. А сколько надо?

— Хотя бы тридцать.

— Совершенно исключено. Гонораров у меня в апреле никаких... В кассу семьдесят пять... За телевизор до сих пор не расплатился... А потом, я не совсем... Минуточку, а Кленский? Ведь это же его кадр...

— Куда-то уехал.

— Он скоро вернется.

— Ты понимаешь, будет катастрофа. Звонил ее жених из Саратова...

— Из Двинска, — сказал я.

— Из Саратова, это не важно... Сказал, что повесится, если она не вернется. Алка с февраля путешествует.

— Так и приехал бы за ней.

— У него экзамен в понедельник.

— Замечательно, — говорю, — повеситься он может, а экзамен игнорировать не может...

— Он плакал, натурально плакал...

— Да нет у меня тридцати рублей! И потом как-то странно, ей-богу... А главное — нету!

Самое интересное, что я говорил правду.

— А если у кого-нибудь занять? — говорит Вера.

— Почему, собственно, надо занимать? Это девушка Кленского. Пусть он и беспокоится.

— Может, у Шаблинского спросить?

Пошли к Шаблинскому. Тот даже возмутился:

— У меня было восемь рублей, я их по-джентльменски отстегнул. Сам хочу у кого-нибудь двинуть. Дождитесь Митьку, и пусть он башляет это дело. Слушайте, я хохму придумал: «Все люди делятся на большевиков и башлевиков...»

— Ладно, — сказала Вера, — что-нибудь придумаю.

И пошла к дверям.

— Слушай, — говорю, — если не придумаешь, звони...

— Ладно.

— Можно вот что сделать. Можно взять у нее интервью.

— Это еще зачем?

— Под рубрикой — «Гости Таллина». Студентка изучает готическую архитектуру. Не расстается с томиком Блока. Кормит белок в парке... Заплатят ей рублей двадцать, а может, и четвертак...

— Серж, постарайся!

— Ладно...

Тут меня вызвали к редактору. Генрих Францевич сидел в просторном кабинете у окна. Радиола и телевизор бездействовали. Усложненный телефон с белыми клавишами молчал.

— Садитесь, — произнес редактор, — есть ответственное задание. В нашей газете слабо представлена моральная тема. Выбор самый широкий. Злостные алиментщики, протекционизм, государственное хищение... Я на вас рассчитываю. Пойдите в народный суд, в ГАИ...

— Что-нибудь придумаю.

— Действуйте, — сказал редактор, — моральная тема — это очень важно...

— О'кей, — говорю.

— И помните: открытый редакционный конкурс — продолжается. Лучшие материалы будут удостоены денежных премий. А победитель отправится в ГДР...

— Добровольно? — спросил я.

— То есть?

— Меня даже в Болгарию не пустили. Я документы весной подавал.

— Пить надо меньше, — сказал Туронок.

— Ладно, — говорю, — мне и здесь неплохо...

В тот день было еще много забот, конфликтов, споров, нерешенных проблем. Я побывал на двух совещаниях. Ответил на четыре письма. Раз двадцать говорил по телефону. Пил коктейли, обнимал Марину...

Все шло нормально.

А день вчерашний — куда он подевался? И если забыт, то что же вынудило меня шесть лет спустя написать: «В этой повести нет ангелов и нет злодеев... Нет грешников и праведников нет...»?

И вообще, что мы за люди такие?

КОМПРОМИСС ЧЕТВЕРТЫЙ

(«Вечерний Таллин». Октябрь. 1974 г.)

«ЭСТОНСКИЙ БУКВАРЬ
У опушки в день ненастный
Повстречали зверя.
Мы ему сказали: „Здравствуй!"
Зверь ответил: „Тере!"
И сейчас же ясный луч
Появился из-за туч…»

«Вечерний Таллин» издается на русском языке. И вот мы придумали новую рубрику — «Эстонский букварь». Для малолетних русских читателей. Я готовил первый выпуск. Написал довольно милые стишки. Штук восемь. Универсальный журналист, я ими тайно гордился.

Звонит инструктор ЦК Ваня Труль:

— Кто написал эту шовинистическую басню?

— Почему — шовинистическую?

— Значит, ты написал?

— Я. А в чем дело?

— Там фигурирует зверь.

— Ну.

— Это что же получается? Выходит, эстонец — зверь? Я — зверь? Я, инструктор Центрального Комитета партии, — зверь?!

— Это же сказка, условность. Там есть иллюстрация. Ребятишки повстречали медведя. У медведя доброе, симпатичное лицо. Он положительный…

— Зачем он говорит по-эстонски? Пусть говорит на языке одной из капиталистических стран…

28

— Не понял.

— Да что тебе объяснять! Не созрел ты для партийной газеты, не созрел...

Час спустя заглянул редактор:

— Жюри штрафует вас на два очка.

— Какое еще жюри?

— Вы забыли, что продолжается конкурс. Авторы хороших материалов будут премированы. Лучший из лучших удостоится поездки на Запад. В ГДР.

— Логично. А худший из худших — на Восток?

— Что вы хотите этим сказать?

— Ничего. Я пошутил. Разве ГДР — это Запад?

— А что же это, по-вашему?

— Вот Япония — это Запад!

— Что?! — испуганно вскричал Туронок.

— В идейном смысле, — добавил я.

Тень безграничной усталости омрачила лицо редактора.

— Довлатов, — произнес он, — с вами невозможно разговаривать! Запомните, мое терпение имеет пределы...

КОМПРОМИСС ПЯТЫЙ

(«Советская Эстония». Ноябрь. 1975 г.)

«ЧЕЛОВЕК РОДИЛСЯ. Ежегодный праздник — День освобождения — широко отмечается в республике. Фабрики и заводы, колхозы и машинно-тракторные станции рапортуют государству о достигнутых высоких показателях.

И еще один необычный рубеж преодолен в эти дни. Население эстонской столицы достигло 400 000 человек. В таллинской больнице № 4 у Майи и Григория Кузиных родился долгожданный первенец. Ему-то и суждено было оказаться 400 000-м жителем города.

— Спортсменом будет, — улыбается главный врач Михкель Теппе.

Счастливый отец неловко прячет грубые мозолистые руки.

— Назовем сына Лембитом, — говорит он, — пусть растет богатырем!..

К счастливым родителям обращается известный таллинский поэт — Борис Штейн:

> *На фабриках, в жерлах забоев,*
> *На дальних планетах иных —*
> *Четыреста тысяч героев,*
> *И первенец твой среди них...*

Хочется вспомнить слова Гёте:
«Рождается человек — рождается целый мир!»*
Не знаю, кем ты станешь, Лембит?! Токарем или шахтером, офицером или ученым. Ясно одно — родился Человек! Человек, обреченный на счастье!..»

---

* Фантазия автора. Гёте этого не писал.

Таллин — город маленький, интимный. Встречаешь на улице знакомого и слышишь: «Привет, а я тебя ищу...» Как будто дело происходит в учрежденческой столовой...

Короче, я поразился, узнав, сколько в Таллине жителей.

Было так. Редактор Туронок вызвал меня и говорит:

— Есть конструктивная идея. Может получиться эффектный репортаж. Обсудим детали. Только не грубите...

— Чего грубить?.. Это бесполезно...

— Вы, собственно, уже нагрубили, — помрачнел Туронок, — вы беспрерывно грубите, Довлатов. Вы грубите даже на общих собраниях. Вы не грубите, только когда подолгу отсутствуете... Думаете, я такой уж серый? Одни газеты читаю? Зайдите как-нибудь. Посмотрите, какая у меня библиотека. Есть, между прочим, дореволюционные издания...

— Зачем, — спрашиваю, — вызывали?

Туронок помолчал. Резко выпрямился, как бы меняя лирическую позицию на деловую. Заговорил уверенно и внятно:

— Через неделю — годовщина освобождения Таллина. Эта дата будет широко отмечаться. На страницах газеты в том числе. Предусмотрены различные аспекты — хозяйственный, культурный, бытовой... Материалы готовят все отделы редакции. Есть задание и для вас. А именно. По данным статистического бюро, в городе около четырехсот тысяч жителей. Цифра эта до некоторой степени условна. Насколько условна и сама черта города. Так вот. Мы посовещались и решили. Четырехсоттысячный житель Таллина должен родиться в канун юбилея.

— Что-то я не совсем понимаю.

— Идете в родильный дом. Дожидаетесь первого новорожденного. Записываете параметры. Опрашиваете счастливых родителей. Врача, который принимал роды. Естественно, делаете снимки. Репортаж идет в юбилейный номер. Гонорар (вам, я знаю, это не безразлично) двойной.

— С этого бы и начинали.

— Меркантилизм — одна из ваших неприятных черт, — сказал Туронок.

— Долги, — говорю, — алименты...

— Пьете много.

— И это бывает.

— Короче. Общий смысл таков. Родился счастливый человек. Я бы даже так выразился — человек, обреченный на счастье!

Эта глупая фраза так понравилась редактору, что он выкрикнул ее дважды.

— Человек, обреченный на счастье! По-моему, неплохо. Может, попробовать в качестве заголовка? «Человек, обреченный на счастье»...

— Там видно будет, — говорю.

— И запомните, — Туронок встал, кончая разговор, — младенец должен быть публикабельным.

— То есть?

— То есть полноценным. Ничего ущербного, мрачного. Никаких кесаревых сечений. Никаких матерей-одиночек. Полный комплект родителей. Здоровый, социально полноценный мальчик.

— Обязательно — мальчик?

— Да, мальчик как-то символичнее.

— Генрих Францевич, что касается снимков... Учтите, новорожденные бывают так себе...

— Выберите лучшего. Подождите, время есть.

— Месяца четыре ждать придется. Раньше он вряд ли на человека будет похож. А кому и пятидесяти лет мало...

— Слушайте, — рассердился Туронок, — не занимайтесь демагогией! Вам дано задание. Материал должен быть готов к среде. Вы профессиональный журналист... Зачем мы теряем время?..

И правда, думаю, зачем?..

Спустился в бар, заказал джина. Вижу, сидит не очень трезвый фотокорреспондент Жбанков. Я помахал ему рукой. Он пересел ко мне с фужером водки. Отломил половину моего бутерброда.

— Шел бы ты домой, — говорю, — в конторе полно начальства...

Жбанков опрокинул фужер и сказал:

— Я, понимаешь, натурально осрамился. Видел мой снимок к Фединому очерку?

— Я газет не читаю.

— У Феди был очерк в «Молодежке». Вернее, зарисовка. «Трое против шторма». Про водолазов. Как они ищут, понимаешь, затонувший ценный груз. К тому же шторм надвигается. Ну, и мой снимок. Два мужика сидят на бревне. И шланг из воды торчит. То есть ихний подельник на дне шурует. Я, натурально, отснял, пристегнул шестерик и забыл это дело. Иду как-то в порт, люди смеются. В чем дело, понимаешь? И выясняется такая история. Есть там начальник вспомогательного цеха — Мироненко. Как-то раз вышел из столовой, закурил у третьего причала. То, се. Бросил сигарету. Харкнул, извини за выражение. И начисто выплюнул челюсть. Вставную, естественно. А там у него золота колов на восемьсот с довеском. Он бежит к водолазам: «Мужики, выручайте!» Те с ходу врубились: «После работы найдем». — «В долгу не останусь». — «С тебя по бутылке на рыло». — «Об чем разговор»... Кончили работу, стали шуровать. А тут Федька идет с задания. Видит, такое дело. Чем, мол, занимаетесь? Строку, понимаешь, гонит. А мужикам вроде бы неловко. Хуё моё, отвечают, затонул ценный груз. А Федя без понятия: «Тебя как зовут? Тебя как зовут?»... Мужики отвечают как положено. «Чем увлекаетесь в редкие минуты досуга?»... Музыкой, отвечают, живописью... «А почему так поздно на работе?»... Шторм, говорят, надвигается, спешим... Федя звонит мне в редакцию. Я приехал, отснял, не вникая... Главное, бассейн-то внутренний, искусственный. Там и шторма быть не может...

— Шел бы ты домой, — говорю.

— Подожди, главное даже не это. Мне рассказывали, чем дело кончилось. Водолазы челюсть тогда нашли. Мироненко счастлив до упора. Тащит их в кабак. Заказывает водки. Кирнули. Мироненко начал всем свою челюсть демонстрировать. Спасибо, говорит, ребята выручили, нашли. Орлы, говорит, передовики, стахановцы... За одним столиком челюсть разглядывают, за другим... Швейцар подошел взглянуть... Тромбонист из ансамбля... Официантки головами качают... А Мироненко шестую бутылку давит с водолазами. Хватился, нету челюсти, увели. Кричит: «Верните, гады!» Разве найдешь... Тут и водолазы не помогут...

— Ладно, — говорю, — мне пора...

В родильный дом ехать не хотелось. Больничная атмосфера на меня удручающе действует. Одни фикусы чего стоят...

Захожу в отдел к Марине. Слышу:

— А, это ты... Прости, работы много.

— Что-нибудь случилось?

— Что могло случиться? Дела...

— Что еще за дела?

— Юбилей и все такое. Мы же люди серые, романов не пишем...

— Чего ты злишься?

— А чего мне радоваться? Ты куда-то исчезаешь. То безумная любовь, то неделю шляешься...

— Что значит — шляешься?! Я был в командировке на Сааремаа. Меня в гостинице клопы покусали...

— Это не клопы, — подозрительно сощурилась Марина, — это бабы. Отвратительные, грязные шлюхи. И чего они к тебе лезут? Вечно без денег, вечно с похмелья... Удивляюсь, как ты до сих пор не заразился...

— Чем можно заразиться у клопа?

— Ты хоть не врал бы! Кто эта рыжая, вертлявая дылда? Я тебя утром из автобуса видела...

— Это не рыжая, вертлявая дылда. Это — поэт-метафизик Владимир Эрль. У него такая прическа...

Вдруг я понял, что она сейчас заплачет. А плакала Марина отчаянно, горько, вскрикивая и не щадя себя. Как актриса после спектакля...

— Прошу тебя, успокойся. Все будет хорошо. Все знают, что я к тебе привязан...

Марина достала крошечный розовый платочек, вытерла глаза. Заговорила спокойнее:

— Ты можешь быть серьезным?

— Конечно.

— Не уверена. Ты совершенно безответственный... Как жаворонок... У тебя нет адреса, нет имущества, нет цели... Нет глубоких привязанностей. Я — лишь случайная точка в пространстве. А мне уже под сорок. И я должна как-то устраивать свою жизнь.

— Мне тоже под сорок. Вернее — за тридцать. И я не понимаю, что значит — устраивать свою жизнь... Ты хочешь выйти замуж? Но что изменится? Что даст этот идиотский штамп? Это лошадиное тавро... Пока мне хорошо, я здесь. А надоест — уйду. И так будет всегда...

— Не собираюсь я замуж. Да и какой ты жених! Просто я хочу иметь ребенка. Иначе будет поздно...

— Ну и рожай. Только помни, что его ожидает.

— Ты вечно сгущаешь краски. Миллионы людей честно живут и работают. И потом, как я рожу одна?

— Почему одна? Я буду... содействовать. А что касается материальной стороны дела, ты зарабатываешь втрое больше. То есть от меня практически не зависишь...

— Я говорила о другом...

Зазвонил телефон. Марина сняла трубку:

— Да? Ну и прекрасно... Он как раз у меня...

Я замахал руками. Марина понимающе кивнула:

— Я говорю, только что был здесь... Вот уж не знаю. Видно, пьет где-нибудь.

Ну, думаю, стерва.

— Тебя Цехановский разыскивает. Хочет долг вернуть.

— Что это с ним?

— Деньги получил за книгу.

— «Караван уходит в небо»?

— Почему — караван? Книга называется «Продолжение следует».

— Это одно и то же. Ладно, — говорю, — мне пора.

— Куда ты собрался? Если не секрет...

— Представь себе, в родильный дом...

Я оглядел заваленные газетами столы. Ощутил запах табачного дыма и клея. Испытал такую острую скуку и горечь, что даже атмосфера больницы уже не пугала меня.

За дверью я осознал, что секунду назад Марина выкрикнула:

«Ну и убирайся, жалкий пьяница!»

Сел в автобус, поехал на улицу Карла Маркса. В автобусе неожиданно задремал. Через минуту проснулся с головной болью. Пересекая холл родильного дома, мельком увидел себя в зеркале и отвернулся...

Навстречу шла женщина в белом халате.

— Посторонним сюда нельзя.

— А потусторонним, — спрашиваю, — можно?

Медсестра замерла в недоумении. Я сунул ей редакционную книжку. Поднялся на второй этаж. На лестничной площадке курили женщины в бесформенных халатах.

— Как разыскать главного врача?

— Выше, напротив лифта.

Напротив лифта — значит, скромный человек. Напротив лифта — шумно, двери хлопают...

Захожу. Эстонец лет шестидесяти делает перед раскрытой форточкой гимнастику.

Эстонцев я отличаю сразу же и безошибочно. Ничего крикливого, размашистого в облике. Неизменный галстук и складка на брюках. Бедноватая линия подбородка и спокойное выражение глаз. Да и какой русский будет тебе делать гимнастику в одиночестве...

Протягиваю удостоверение.

— Доктор Михкель Теппе. Садитесь. Чем могу быть полезен?

Я изложил суть дела. Доктор не удивился. Вообще, что бы ни затеяла пресса, рядового читателя удивить трудно. Ко всему привыкли...

— Думаю, это несложно, — произнес Теппе, — клиника огромная.

— Вам сообщают о каждом новорожденном?

— Я могу распорядиться.

Он снял трубку. Что-то сказал по-эстонски. Затем обратился ко мне:

— Интересуетесь, как проходят роды?

— Боже упаси! Мне бы записать данные, взглянуть на ребенка и поговорить с отцом.

Доктор снова позвонил. Еще раз что-то сказал по-эстонски.

— Тут одна рожает. Я позвоню через несколько минут. Надеюсь, все будет хорошо. Здоровая мать... Такая полная блондинка, — отвлекся доктор.

— Вы-то, — говорю, — сами женаты?

— Конечно.

— И дети есть?

— Сын.

— Не задумывались, что его ожидает?

— А что мне думать? Я прекрасно знаю, что его ожидает. Его ожидает лагерь строгого режима. Я беседовал с адвокатом. Уже и подписку взяли...

Теппе говорил спокойно и просто. Как будто речь шла о заурядном положительном явлении.

Я понизил голос, спросил доверительно и конспиративно:

— Дело Солдатова?

— Что? — не понял доктор.

— Ваш сын — деятель эстонского возрождения?

— Мой сын, — отчеканил Теппе, — фарцовщик и пьяница. И я могу быть за него относительно спокоен, лишь когда его держат в тюрьме...

Мы помолчали.

— Когда-то я работал фельдшером на островах. Затем сражался в эстонском корпусе. Добился высокого положения. Не знаю, как это вышло. Я и мать — положительные люди, а сын — отрицательный...

— Неплохо бы и его выслушать.

— Слушать его невозможно. Говорю ему: «Юра, за что ты меня презираешь? Я всего добился упорным трудом. У меня была нелегкая жизнь. Сейчас я занимаю высокое положение. Как ты думаешь, почему меня, скромного фельдшера, назначили главным врачом?..» А он и отвечает: «Потому что всех твоих умных коллег расстреляли...» Как будто это я их расстрелял...

Зазвонил телефон.

— У аппарата, — выговорил Теппе, — отлично.

Затем перешел на эстонский. Речь шла о сантиметрах и килограммах.

— Ну, вот, — сказал он, — родила из девятой палаты. Четыре двести и пятьдесят восемь сантиметров. Хотите взглянуть?

— Это не обязательно. Дети все на одно лицо...

— Фамилия матери — Окас. Хилья Окас. Тысяча девятьсот сорок шестой год рождения. Нормировщица с «Пунанэ рэт». Отец — Магабча...

— Что значит — Магабча?

— Фамилия такая. Он из Эфиопии. В мореходной школе учится.

— Черный?

— Я бы сказал — шоколадный.

— Слушайте, — говорю, — это любопытно. Вырисовывается интернационализм. Дружба народов... Они зарегистрированы?

— Разумеется. Он ей каждый день записки пишет. И подписывается: «Твой соевый батончик».

— Разрешите мне позвонить?

— Сделайте одолжение.

Звоню в редакцию. Подходит Туронок.

— Слушаю вас... Туронок.

— Генрих Францевич, только что родился мальчик.

— В чем дело? Кто говорит?

— Это Довлатов. Из родильного дома. Вы мне задание дали...

— А, помню, помню.

— Так вот, родился мальчик. Большой, здоровый... Пятьдесят восемь сантиметров. Вес — четыре двести... Отец — эфиоп.

Возникла тягостная пауза.

— Не понял, — сказал Туронок.

— Эфиоп, — говорю, — родом из Эфиопии... Учится здесь... Марксист, — зачем-то добавил я.

— Вы пьяны? — резко спросил Туронок.

— Откуда?! Я же на задании.

— На задании... Когда вас это останавливало?! Кто в декабре облевал районный партактив?..

— Генрих Францевич, мне неловко подолгу занимать телефон... Только что родился мальчик. Его отец — дружественный нам эфиоп.

— Вы хотите сказать — черный?

— Шоколадный.

— То есть — негр?

— Естественно.

— Что же тут естественного?

— По-вашему, эфиоп не человек?

— Довлатов, — исполненным муки голосом произнес Туронок, — Довлатов, я вас уволю... За попытки дискредитировать все самое лучшее... Оставьте в покое своего засранного эфиопа! Дождитесь нормального — вы слышите меня? — нормального человеческого ребенка!..

— Ладно, — говорю, — я ведь только спросил...

Раздались частые гудки. Теппе сочувственно поглядел на меня.

— Не подходит, — говорю.

— У меня сразу же возникли сомнения, но я промолчал.

— А, ладно...

— Хотите кофе?

Он достал из шкафа коричневую банку. Снова раздался звонок. Теппе долго говорил по-эстонски. Видно, речь шла о деле, меня не касающемся. Я дождался конца разговора и неожиданно спросил:

— Можно поспать у вас за ширмой?

— Конечно, — не удивился Теппе. — Хотите моим плащом воспользоваться?

— И так сойдет.

Я снял ботинки и улегся. Нужно было сосредоточиться. Иначе контуры действительности безнадежно расплывались. Я вдруг увидел себя издали, растерянным и нелепым. Кто я? Зачем здесь нахожусь? Почему лежу за ширмой в ожидании бог знает чего? И как глупо сложилась жизнь!..

Когда я проснулся, надо мной стоял Теппе.

— Извините, потревожил... Только что родила ваша знакомая.

«Марина!» — с легким ужасом подумал я. (Все знают, что ужас можно испытывать в едва ощутимой степени.) Затем, отогнав безумную мысль, спросил:

— То есть как — знакомая?

— Журналистка из молодежной газеты — Румянцева.

— А, Лена, жена Бори Штейна. Действительно, ее с мая не видно...

— Пять минут назад она родила.

— Это любопытно. Редактор будет счастлив. Отец ребенка — известный в Таллине поэт. Мать — журналистка. Оба — партийные. Штейн напишет балладу по такому случаю...

— Очень рад за вас.

Я позвонил Штейну.

— Здорово, — говорю, — тебя можно поздравить.

— Рано. Ответ будет в среду.

— Какой ответ?

— Поеду я в Швецию или не поеду. Говорят — нет опыта поездок в капстраны. А где взять опыт, если не пускают?.. Ты бывал в капстранах?

— Нет. Меня и в соц-то не пустили. Я в Болгарию подавал...

— А я даже в Югославии был. Югославия — почти что кап...

— Я звоню из клиники. У тебя сын родился.

— Мать твою! — воскликнул Штейн. — Мать твою!..

Теппе протянул мне листок с каракулями.

— Рост, — говорю, — пятьдесят шесть, вес — три девятьсот. Лена чувствует себя нормально.

— Мать твою, — не унимался Штейн, — сейчас приеду. Такси возьму.

Теперь нужно было вызвать фотографа.

— Звоните, звоните, — сказал Теппе.

Я позвонил Жбанкову. Трубку взяла Лера.

— Михаил Владимирович нездоров, — сказала она.

— Пьяный, что ли? — спрашиваю.

— Как свинья. Это ты его напоил?

— Ничего подобного. И вообще, я на работе.

— Ну, прости.

Звоню Малкиэлю.

— Приезжай, ребенка сфотографировать в юбилейный номер. У Штейна сын родился. Гонорар, между прочим, двойной...

— Ты хочешь об этом ребенке писать?

— А что?

— А то, что Штейн — еврей. А каждого еврея нужно согласовывать. Ты фантастически наивен, Серж.

— Я писал о Каплане и не согласовывал.

— Ты еще скажи о Гликмане. Каплан — член бюро обкома. О нем двести раз писали. Ты Каплана со Штейном не равняй...

— Я и не равняю. Штейн куда симпатичнее.

— Тем хуже для него.

— Ясно. Спасибо, что предупредил.

Говорю Теппе:

— Оказывается, и Штейн не подходит.

— У меня были сомнения.

— А кто меня, спрашивается, разбудил?

— Я разбудил. Но сомнения у меня были.

— Что же делать?

— Скоро еще одна родит. А может, уже родила. Я сейчас позвоню.

— А я выйду, прогуляюсь.

В унылом больничном сквере разгуливали кошки. Резко скрипели облетевшие черные тополя. Худой, сутулый юноша, грохоча, катил телегу с баком. Застиранный голубой халат делал его похожим на старуху.

Из-за поворота вышел Штейн.

— Ну, поздравляю.

— Спасибо, дед, спасибо. Только что Ленке передачу отправил... Состояние какое-то необыкновенное! Надо бы выпить по этому случаю.

«Выпьешь, — думаю, — с тобой... Одно расстройство».

Я не хотел его огорчать. Не стал говорить, что его ребенок забракован. Но Штейн уже был в курсе дела.

— Юбилейный материал готовишь?

— Пытаюсь.

— Хочешь нас прославить?

— Видишь ли, — говорю, — тут нужна рабоче-крестьянская семья. А вы — интеллигенты...

— Жаль. А я уже стих написал в такси. Конец такой:

> На фабриках, в жерлах забоев,
> На дальних планетах иных —
> Четыреста тысяч героев,
> И первенец мой среди них!

Я сказал:

— Какой же это первенец? У тебя есть взрослая дочь.

— От первого брака.

— А, — говорю, — тогда нормально.

Штейн подумал и вдруг сказал:

— Значит, антисемитизм все-таки существует?

— Похоже на то.

— Как это могло появиться у нас? У нас в стране, где, казалось бы...

Я перебил его:

— В стране, где основного мертвеца еще не похоронили... Само название которой лживо...

— По-твоему, все — ложь!

— Ложь в моей журналистике и в твоих паршивых стишках! Где ты видел эстонца в космосе?

— Это же метафора.

— Метафора... У лжи десятки таких подпольных кличек!

— Можно подумать, один ты — честный. А кто целую повесть написал о БАМе? Кто прославлял чекиста Тимофеева?

— Брошу я это дело. Увидишь, брошу...

— Тогда и упрекай других.

— Не сердись.

— Черт, настроение испортил... Будь здоров.

Теппе встретил меня на пороге.

— Кузина родила из шестой палаты. Вот данные. Сама эстонка, водитель автокары. Муж — токарь на судостроительном заводе, русский, член КПСС. Ребенок в пределах нормы.

— Слава богу, кажется, подходит. Позвоню на всякий случай.

Туронок сказал:

— Вот и отлично. Договоритесь, чтобы ребенка назвали Лембитом.

— Генрих Францевич, — взмолился я, — кто же назовет своего ребенка Лембитом! Уж очень старомодно. Из фольклора...

— Пусть назовут. Какая им разница?! Лембит — хорошо, мужественно и символично звучит... В юбилейном номере это будет смотреться.

— Вы могли бы назвать своего ребенка — Бовой? Или Микулой?

— Не занимайтесь демагогией. Вам дано задание. К среде материал должен быть готов. Откажутся назвать Лембитом — посулите им денег.

— Сколько?

— Рублей двадцать пять. Фотографа я пришлю. Как фамилия новорожденного?

— Кузин. Шестая палата.

— Лембит Кузин. Прекрасно звучит. Действуйте.

Я спросил у Теппе:

— Как найти отца?

— А вон. Под окнами сидит на газоне.

Я спустился вниз.

— Але, — говорю, — вы Кузин?

— Кузин-то Кузин, — сказал он, — а что толку?!

Видимо, настрой у товарища Кузина был философский.

— Разрешите, — говорю, — вас поздравить. Ваш ребенок оказался 400 000-м жителем нашего города. Сам я из редакции. Хочу написать о вашей семье.

— Чего писать-то?

— Ну, о вашей жизни...

— А что, живем неплохо... Трудимся, как положено... Расширяем свой кругозор... Пользуемся авторитетом...

— Надо бы куда-то зайти, побеседовать.

— В смысле — поддать? — оживился Кузин.

Это был высокий человек с гранитным подбородком и детскими невинными ресницами. Живо поднялся с газона, отряхнул колени.

Мы направились в «Космос», сели у окна. Зал еще не был переполнен.

— Денег — восемь рублей, — сказал Кузин, — плюс живая бутылка отравы.

Он достал из портфеля бутылку кубинского рома. Замаскировал оконной портьерой.

— Возьмем для понта граммов триста?

— И пива, — говорю, — если холодное...

Мы заказали триста граммов водки, два салата и по котлете.

— Нарезик копченый желаете? — спросил официант.

— Отдохнешь! — реагировал Кузин.

В зале было пустынно. На возвышении расположились четверо музыкантов. Рояль, гитара, контрабас и ударные. Дубовые пюпитры были украшены лирами из жести.

Гитарист украдкой вытер ботинки носовым платком. Затем подошел к микрофону и объявил:

— По заказу наших друзей, вернувшихся из курортного местечка Азалемма...

Он выждал многозначительную паузу.

— Исполняется лирическая песня «Дождик капает на рыло!..»

Раздался невообразимый грохот, усиленный динамиками. Музыканты что-то выкрикивали хором.

— Знаешь, что такое Азалемма? — развеселился Кузин. — Самый большой лагерный поселок в Эстонии. ИТК, пересылка, БУР... Ну, давай!

Он поднял стакан.

— За тебя! За твоего сына!

— За встречу! И чтоб не последняя...

Две пары отрешенно танцевали между столиками. Официанты в черно-белой униформе напоминали пингвинов.

— По второй?

Мы снова выпили.

Кузин бегло закусил и начал:

— А как у нас все было — это чистый театр. Я на судомехе работал, жил один. Ну, познакомился с бабой, тоже одинокая. Чтобы уродливая, не скажу — задумчивая. Стала она заходить, типа выстирать, погладить... Сошлись мы на Пасху... Вру, на Покрова... А то после работы — вакуум... Сколько можно нажираться?.. Жили с год примерно... А чего она забеременела, я не понимаю... Лежит, бывало, как треска. Я говорю: «Ты, часом, не уснула?» — «Нет, — говорит, — все слышу». — «Не много же, — говорю, — в тебе пыла». А она: «Вроде бы свет на кухне горит...» — «С чего это ты взяла?» — «А счетчик-то вон как работает...» — «Тебе бы, — говорю, — у него поучиться...» Так и жили с год...

Кузин вытащил из-за портьеры бутылку рома, призывно ее наклонил. Мы снова выпили.

Гитарист одернул пиджак и воскликнул:

— По заказу Толика Б., сидящего у двери, исполняется...

Пауза. Затем — с еще большим нажимом:

— Исполняется лирическая песня: «Каким меня ты ядом напоила?..»

— Ты сам женат? — поинтересовался Кузин.

— Был женат.

— А сейчас?

— Сейчас вроде бы нет.

— Дети есть?

— Есть.

— Много?

— Много... Дочь.

— Может, еще образуется?

— Вряд ли...

— Детей жалко. Дети-то не виноваты... Лично я их называю «цветы жизни»... Может, по новой?

— Давай.

— С пивом...

— Естественно...

Я знал, еще три рюмки, и с делами будет покончено. В этом смысле хорошо пить утром. Выпил — и целый день свободен...

— Послушай, — говорю, — назови сына Лембитом.

— Почему же Лембитом? — удивился Кузин. — Мы хотим Володей. Что это такое — Лембит?

— Лембит — это имя.

— А Володя что, не имя?

— Лембит — из фольклора.

— Что значит — фольклор?

— Народное творчество.

— При чем тут народное творчество?! Личного моего сына хочу назвать Володей... Как его, высерка, назвать — это тоже проблема. Меня вот Гришей назвали, а что получилось? Кем я вырос? Алкашом... Уж так бы и назвали — Алкаш... Поехали?

Мы выпили, уже не закусывая.

— Назовешь Володей, — разглагольствовал Кузин, — а получится ханыга. Многое, конечно, от воспитания зависит...

— Слушай, — говорю, — назови его Лембитом временно. Наш редактор за это капусту обещал. А через месяц переименуешь, когда вы его регистрировать будете...

— Сколько? — поинтересовался Кузин.

— Двадцать пять рублей.

— Две полбанки и закуска. Это если в кабаке...

— Как минимум. Сиди, я позвоню...

Я спустился в автомат. Позвонил в контору. Редактор оказался на месте.

— Генрих Францевич! Все о'кей! Папа — русский, мать — эстонка. Оба с судомеха...

— Странный у вас голос, — произнес Туронок.

— Это автомат такой... Генрих Францевич, срочно пришлите Хуберта с деньгами.

— С какими еще деньгами?

51

— В качестве стимула. Чтобы ребенка назвали Лембитом... Отец согласен за двадцать пять рублей. Иначе, говорит, Адольфом назову...

— Довлатов, вы пьяны! — сказал Туронок.

— Ничего подобного.

— Ну, хорошо, разберемся. Материал должен быть готов к среде. Хуберт выезжает через пять минут. Ждите его на Ратушной площади. Он передаст вам ключ...

— Ключ?

— Да. Символический ключ. Ключ счастья. Вручите его отцу... В соответствующей обстановке... Ключ стоит три восемьдесят. Я эту сумму вычту из двадцати пяти рублей.

— Нечестно, — сказал я.

Редактор повесил трубку.

Я поднялся наверх. Кузин дремал, уронив голову на скатерть. Из-под щеки его косо торчало блюдо с хлебом.

Я взял Кузина за плечо.

— Але, — говорю, — проснись! Нас Хуберт ждет...

— Что?! — всполошился он, — Хуберт? А ты говорил — Лембит.

— Лембит — это не то. Лембит — это твой сын. Временно...

— Да, у меня родился сын.

— Его зовут Лембит.

— Сначала Лембит, а потом Володя.

— А Хуберт нам деньги везет.

— Деньги есть, — сказал Кузин, — восемь рублей.

— Надо рассчитаться. Где официант?

— Але! Нарезик, где ты? — закричал Кузин.

Возник официант с уныло поджатыми губами.

— Разбита одна тарелка, — заявил он.

— Ага, — сказал Кузин, — это я мордой об стол — трах!

Он смущенно достал из внутреннего кармана черепки.

— И в туалете мимо сделано, — добавил официант, — поаккуратнее надо ходить...

— Вали отсюда, — неожиданно рассердился Кузин, — слышишь? Или я тебе плешь отполирую!

— При исполнении — не советую. Можно и срок получить.

Я сунул официанту деньги.

— Извините, — говорю, — у моего друга сын родился. Вот он и переживает.

— Поддали — так и ведите себя культурно, — уступил официант.

Мы расплатились и вышли под дождь. Машина Хуберта стояла возле ратуши. Он просигналил и распахнул дверцу. Мы залезли внутрь.

— Вот деньги, — сказал Хуберт, — редактор беспокоится, что ты запьешь...

Я принял у него в темноте бумажки и мелочь...

Хуберт протянул мне увесистую коробку.

— А это что?

— «Псковский сувенир».

Я раскрыл коробку. В ней лежал анодированный ключ размером с небольшую балалайку.

— А, — говорю, — ключ счастья!

Я отворил дверцу и бросил ключ в урну. Потом сказал Хуберту:

— Давай выпьем.

— Я же за рулем.

— Оставь машину и пошли.

— Мне еще редактора везти домой.

— Сам доберется, жирный боров...

— Понимаешь, они мне квартиру обещали. Если бы не квартира...

— Живи у меня, — сказал Кузин, — а бабу я в деревню отправлю. На Псковщину, в Усохи. Там маргарина с лета не видели...

— Мне пора ехать, ребята, — сказал Хуберт...

Мы снова вышли под дождь. Окна ресторана «Астория» призывно сияли. Фонарь выхватывал из темноты разноцветную лужу у двери...

Стоит ли подробно рассказывать о том, что было дальше? Как мой спутник вышел на эстраду и заорал: «Продали Россию!..» А потом ударил швейцара так, что фуражка закатилась в кладовую... И как потом нас забрали в милицию... И как освободили благодаря моему удостоверению... И как я потерял блокнот с записями... А затем и самого Кузина...

Проснулся я у Марины, среди ночи. Бледный сумрак заливал комнату. Невыносимо гулко стучал будильник. Пахло нашатырным спиртом и мокрой одеждой.

Я потрогал набухающую царапину у виска.

Марина сидела рядом, грустная и немного осунувшаяся. Она ласково гладила меня по волосам. Гладила и повторяла:

— Бедный мальчик... Бедный мальчик... Бедный мальчик...

С кем это она, думаю, с кем?..

КОМПРОМИСС ШЕСТОЙ

(«Вечерний Таллин». Недельная радиопрограмма.
Март. 1976 г.)

...13.30. «ВСТРЕЧА С ИНТЕРЕСНЫМ ЧЕЛОВЕКОМ. Владимир Меркин. Экономика — день грядущий».

В радиоочерке Л. Агаповой и С. Довлатова предстает кандидат экономических наук Владимир Григорьевич Меркин. Вы услышите его живой и увлекательный рассказ об экономическом прогрессе в СССР и о необратимом финансовом кризисе современного Запада. В перерыве — новости и «Музыкальный антракт».

Четыре года спустя на лице журналистки Агаповой появится глубокий шрам от удара металлической рейсшиной. На нее с безумным воплем кинется архитектор-самоучка Дегтяренко, герой публицистической радиопередачи «Ясность», так и не запущенной в эфир. За шесть недель до этой безобразной сцены журналистке впервые расскажут о проекте «Мобиле кооперато» и его гениальном творце, чернорабочем одной из таллинских фабрик. Агапова напишет очерк под рубрикой «Встреча с интересным человеком». Технический отдел затребует чертежи. Эксперт Чубаров минуту подержит в холеных руках две грязные трепещущие кальки и выскажется следующим образом:

— Оригинально! Весьма оригинально!

Журналистка с облегчением и гордостью воскликнет:

— У него четыре класса образования!

— А у вас? — брезгливо поинтересуется эксперт. — Вы знаете, что это такое?

— Мобиле кооперато. Подвижный дом. Жилище будущего...

— Это вагон, — прервет ее Чубаров, — обыкновенный вагон. А вашего Ле Корбюзье нужно срочно госпитализировать...

Передачу тут же забракуют. Обнадеженный было Дегтяренко ударит Лиду металлической рейсшиной по голове. Карьера внештатной сотрудницы Таллинского радио надолго прервется... Все это произойдет четыре года спустя. А пока мы следуем за ней к трамвайной остановке.

До этого было пасмурное утро, еще раньше — ночь. Сонный голубь бродил по карнизу, царапая жесть. Затем — будильник, остывшие шлепанцы, толчея возле уборной, чай, покоробившийся влажный сыр, гудение электробритвы — муж спешит на работу. Дочь: «Я, кажется, просила не трогать мой халат!»... И наконец — прохлада равнодушных улиц, ветер, цинковые лужи, болонки в сквере, громыхание трамвая...

Попробую ее изобразить. Хотя внешность Агаповой существенного значения не имеет.

Резиновые импортные боты. Тяжелая коричневая юбка не подчеркивает шага. Синтетическая курточка на молнии — шуршит. Кепка с голубым верхом — форменная — таллинского политехника. Лицо решительное, вечно озябшее. Никаких следов косметики. Отсутствующий зуб на краю улыбки. Удивляются только глаза, брови неподвижны, как ленточка финиша...

Следуем за нашей героиней. Трамвайная остановка...

«...Вон как хорошо девчонки молодые одеваются. Пальтишко бросовое, а не наше. Вместо пуговиц какие-то еловые шишки... А ведь смотрится... Или эта, в спецодежде... Васильки на заднице... Походка гордая, как у Лоллобриджиды... А летом как-то раз босую видела... Не пьяную, сознательно босую... В центре города... Идет, фигурирует... Так и у меня, казалось бы, все импортное, народной демократии. А вида нету... И где они берут? С иностранцами гуляют? Позор!.. А смотрится...»

С натугой разъехались двери трамвая. Короткий мучительный штурм. Дорогу ей загородила широкая армейская спина. Щекой — по ворсистой удушливой ткани... Ухватилась за поручень. Мелькнула жизнь в никелированной трубе...

— Копеечку не опускайте...

Лида балансирует над металлическим ящиком-кассой.

— Да проходите же, стоит как неродная...

Главное, не раздражаться, относиться с юмором. Час пик, обычное явление. Тут главное — найти источник положительных эмоций. Вон бабке место уступили. Студент конспекты перелистывает. Даже у военного приличное лицо...

И снова — улица, машины, люди, приятная волнующая безучастность людей и машин. Затем — вестибюль, широкая мраморная лестница, ковровые дорожки, потертые на сгибах... Табличка — «Отдел пропаганды».

Лида постучала и вошла. Все ужасно ей обрадовались. Кулешов сказал очередную пошлость. Верочка Котова улыбнулась, не поднимая глаз. Женя Тюрин помог раздеться.

Моралевич спросил:

— Ты слушала в четверг? Сам Юрна тобой доволен.

— Правда?!

Тут же курил и Валя Чмутов, хронический неудачник. Чмутов был актером. Имел природный дар — красивый низкий голос удивительного тембра. Работал диктором. Шесть месяцев назад с ним произошла трагическая история. Чмутов должен был рано утром открыть передачу, которая шла непосредственно в эфир. Произнести всего несколько слов: «Дорогие радиослушатели! В эфире еженедельная программа — „Здравствуй, товарищ!“». И все. Дальше — музыка и запись. Чмутов получает свои одиннадцать рублей.

Чмутов зашел в рубку. Сел. Придвинул микрофон. Мысленно повторил текст. Подвернул манжеты, чтобы запонки не брякали по столу. Ждал, когда загорится лампочка — «Эфир». На душе после вчерашнего было тоскливо. Лампочка не загоралась.

— Дорогие радиослушатели! — задумчиво произнес Чмутов.

Тяжело ворочался обожженный портвейном язык. Лампочка не загоралась.

— Дорогие радиослушатели, — снова повторил Чмутов, — о, мерзость... Дорогие радиослушатели... Да, напрасно я вчера завелся...

Лампочка не загоралась. Как выяснилось, она перегорела... Это бывает раз в сто лет...

— В эфире еженедельная программа, — репетировал Чмутов, — ну, бля, все, завязываю...

За стеклом мелькнула перекошенная физиономия редактора. Чмутов обмер. Распахнулась дверь. Упирающегося диктора выбросили на лестницу. Его похмельные заклинания разнеслись на весь мир. Актер был уволен... История не кончается.

Чмутов уехал во Псков. Поступил диктором на радио. Местная радиотрансляция велась ежедневно часа полтора. Остальное время занимали Москва и Ленинград. Чмутов блаженствовал. Его ценили как столичного мастера.

Как-то раз он вел передачу. Неожиданно скрипнула дверь. Вошла большая коричневая собака. (Чья? Откуда?) Чмутов ее осторожно погладил. Собака прижала уши и зажмурилась. Нос ее сиял крошечной боксерской перчаткой.

— Труженики села рапортуют, — произнес Чмутов.

И тут собака неожиданно залаяла. Может быть, от счастья. Лаской ее, видимо, не избаловали.

— Труженики села рапортуют... Гав! Гав! Гав!

Чмутова снова уволили. Теперь уже навсегда и отовсюду. Когда он рассказал о собаке, ему не поверили. Решили, что он сам залаял с похмелья.

Чмутов уехал в Ленинград. Целыми днями сидел на радио. Ждал своего часа...

Неудачников все избегают. Лида ему улыбнулась.

В отделе пропаганды Агапова сотрудничала давно. Все ее любили. Вот и теперь заведующая Нина Игнатьевна ласково ей кивнула:

— Лидочка, пройдите ко мне.

В кабинете тишина, полированный стол, бесчисленные авторучки. В шкафах за стеклами мерцают сувениры и корешки энциклопедии. В столе у Нины Игнатьевны — помада, зеркальце и тушь. И вообще приятно — интересная молодая женщина в таком серьезном кабинете...

— Лидочка, я хочу вам новую рубрику предложить. «Встреча с интересным человеком». Причем не обязательно с ученым или космонавтом. Диапазон тут исключительно широкий. Почетное хобби, неожиданное увлечение, какой-нибудь штрих в биографии. Допустим, скромный номенклатурный главбух тайно... я не знаю... все, что угодно... не приходит в голову... Допустим, он тайно...

— Растлевает малолетних, — подсказала Лида.

— Я другое имела в виду. Допустим, он тайно...

— Изучает санскрит...

— Что-то в этом духе. Только более значимое в социальном отношении. Допустим, милиционер помогает кому-то отыскать близкого человека...

— Есть кино на эту тему.

— Я не могу предложить вам что-то конкретное. Тут надо подумать. Вот, к примеру. На фабрике «Калев» проходили съемки «Одинокой женщины». Помните, с артисткой Дорониной. Так вот, мальчишка, который участвовал в съемках, превратился в начальника одного из цехов.

— Мне нравится эта тема, — сказала Лида, — я ее чувствую.

— Эту тему уже использовал Арвид Кийск. Я говорю — в принципе. Надо придумать что-то свое. Допустим, старый генерал ложится на операцию. И узнает в хирурге своего бывшего денщика...

— Как фамилия? — спросила Лида.

— Чья?

— Как фамилия этого генерала? Или денщика?

— Я говорю условно... Тут главное — неожиданность, загадка, случай... Многоплановая жизнь... Снаружи одно, внутри другое...

— Это у многих так, — вздохнула Лида.

— Короче — действуйте, — сказала Нина Игнатьевна, едва заметно раздражаясь.

Лидочка вышла из кабинета.

Интересные люди окружали ее с детства. Отец был знаком с Эренбургом. Учитель рисования в школе слыл непризнанным гением. Потом за ней ухаживал бандит и даже написал стихи. Институтские профессора удивляли своими чудачествами. У одного была вечно расстегнута ширинка. Интересным человеком был ее муж: старший экономист, а пишет с ошибками. Дочь казалась загадочной — всегда молчит. А последнее время до такой степени, что Лида решила, не беременна ли... Монтера из домоуправления вызвали, оказывается — сидел чуть ли не за убийство. Короче, все люди интересные, если разобраться...

По образованию Лидочка была врачом-гигиенистом. Начала перебирать бывших однокурсников. Павинский, Рожин, Янкелевич, Феофанов... Мищенко, кажется, спортом занимался. Левин в науку ушел... Левин, Борька Левин, профессор, умница, доктор наук... Говорят, был во Франции...

Агапова достала блокнот и записала на чистой странице — Левин.

Стала перебирать знакомых мужа. Тоже, конечно, интересные люди. Экономисты. Калинин, например, утверждает, что безработица — стимул прогресса. А то все знают, что их не уволят. А если и уволят, то не беда. Перейдет через дорогу и устроится на соседний завод. То есть можно прогуливать, злоупотреблять... Калинин вряд ли подойдет. Уж слишком прогрессивный... А Меркин тот вообще. Его спрашивают, что может резко поднять нашу экономику? Отвечает — война. Война, и только война. Война — это дисциплина, подъем сознательности. Война любые недостатки спишет... Думаю, что и Меркин не подойдет... А вот приходил на днях один филолог со знакомой журналисткой... Или даже, кажется, переводчик. Служил, говорит, надзирателем в конвойных частях... Жуткие истории рассказывал... Фамилия нерусская — Алиханов. Бесспорно, интересный человек...

Так рядом с Левиным в блокноте появился Алиханов.

Еще бы третьего кандидата найти. И тут Лида вспомнила, что у соседей остановился родственник из Порхова. Или знакомый. Что-то Милка Осинская во дворе говорила. Какая-то у него судьба загадочная. То ли был репрессирован, то ли наоборот... Начальник из провинции — это любопытно. Это можно как-нибудь оригинально повернуть. «Нет географической провинции, есть провинция духовная...»

Так рядом с Алихановым и Левиным появился вопросительный знак. И в скобках — родственник Милки О.

Можно еще в резерве оставить начитанного домуправа. Сименоном интересовался. Но у Лиды с ним конфликт из-за вечно переполненных мусорных баков... Ладно... Надо браться за дело!..

— До свидания, Верочка, мальчики!

— Агапова, не пропадай!..

Позвонила Борьке Левину в клинику. Узнал, обрадовался, договорились на час.

Бывший надзиратель оказался дома.

— Приезжайте, — сказал он, — и если можно, купите три бутылки пива. Деньги сразу же верну.

Лида зашла в гастроном на улице Карья, купила пиво. Дома в районе новостроек: от подъезда до подъезда — километр...

Алиханов встретил ее на пороге. Это был огромный молодой человек с низким лбом и вялым подбородком. В глазах его мерцало что-то фальшиво неаполитанское. Затеял какой-то несуразный безграмотный возглас и окончить его не сумел:

— Чем я обязан, Лидочка, тем попутным ветром, коего... коего... Достали пиво? Умница. Раздевайтесь. У меня чудовищный беспорядок.

Комната производила страшное впечатление. Диван, заваленный бумагами и пеплом. Стол, невидимый под грудой книг. Черный остов довоенной пишущей машинки. Какой-то ржавый ятаган на стене. Немытая посуда и багровый осадок в фужерах. Тусклые лезвия селедок на клочке газетной бумаги...

— Идите сюда. Тут более-менее чисто.

Надзиратель откупорил пиво.

— Да, колоритно у вас, — сказала Лида. — Я ведь по образованию гигиенист.

— Меня за антисанитарию к товарищескому суду привлекали.

— Чем же это кончилось?

— Ничем. Я на мятежный дух закашивал. Поэт, мол, йог, буддист, живу в дерьме... Хотите пива?

— Я не пью.

— Вот деньги. Рубль одиннадцать.

— Какая ерунда, — сказала Лида.

— Нет, извините, — громко возмутился Алиханов.

Лида сунула горсть мелочи в карман. Надзиратель ловко выпил бутылку пива из горлышка.

— Полегче стало, — доверительно высказался он. Затем попытался еще раз, теперь уже штурмом осилить громоздкую фразу: — Чем я обязан, можно сказать, тому неожиданному удовольствию, коего...

— Вы филолог? — спросила Агапова.

— Точнее — лингвист. Я занимаюсь проблемой фонематичности русского «Щ»...

— Есть такая проблема?

— Одна из наиболее животрепещущих... Слушайте, что произошло? Чем я обязан неожиданному удовольствию лицезреть?..

Надзиратель опрокинул вторую бутылку.

— Мы готовим радиопередачу «Встреча с интересным человеком». Необходим герой с оригинальной биографией. Вы филолог. Точнее — лингвист. Бывший надзиратель. Человек многоплановой жизни... У вас многоплановая жизнь?

— Последнее время — да, — честно ответил надзиратель.

— Расскажите подробнее о ваших филологических исследованиях. Желательно, в доступной форме.

— Я вам лучше дам свой реферат. Что-то я плохо соображаю. Где-то здесь. Сейчас найду...

Алиханов метнулся к напластованиям бумаги.

— В другой раз, — успокоила Лида. — Мы, очевидно, еще встретимся. Это у нас предварительная беседа. Мне хочется спросить. Вы были надзирателем, это опасно, рискованно?

Алиханов неохотно задумался.

— Риск, конечно, был. Много водки пили. Лосьоном не брезговали. На сердце отражается...

— Я имела в виду заключенных. Ведь это страшные люди. Ничего святого...

— Люди как люди, — сказал Алиханов, откупоривая третью бутылку.

— Я много читала. Это особый мир... Свои законы... Необходимо мужество... Вы мужественный человек?

Алиханов вконец растерялся.

— Люба, — сказал он.

— Лида.

— Лида! — почти закричал Алиханов. — Я сейчас достану шесть рублей. У меня гуманные соседи. Возьмем полбанки и сухого. Что-то я плохо соображаю.

— Я не пью. Вы мужественный человек?

— Не знаю. Раньше мог два литра выпить. А теперь от семисот граммов балдею... Возраст...

— Вы не понимаете. Мне нужен оригинальный человек, интересная личность. Вы филолог, тонко чувствующий индивидуум. А раньше были надзирателем. Ежедневно шли на риск. Душевная тонкость очень часто сопутствует физической грубости...

— Когда я вам грубил?

— Не мне. Вы охраняли заключенных...

— Мы больше себя охраняли.

— Откуда у вас этот шрам? Не скромничайте, пожалуйста...

— Это не шрам, — воскликнул Алиханов, — это фурункул. Я расчесал... Извините меня...

— Я все-таки хочу знать, что вы испытывали на Севере? Фигурально выражаясь, о чем молчала тундра?

— Что?

— О чем молчала тундра?

— Лида! — дико крикнул Алиханов. — Я больше не могу! Я не гожусь для радиопередачи! Я вчера напился! У меня долги и алименты! Меня упоминала «Немецкая волна»! Я некоторым образом — диссидент! Вас уволят... Отпустите меня...

Лида завинтила колпачок авторучки.

— Жаль, — сказала она, — материал интересный. Будьте здоровы. Я вам позвоню. А вы пока отыщите свой реферат...

Надзиратель стоял обессиленный и бледный.

— Минутку, — сказал он, — я тоже иду. У меня гуманные соседи...

На площадке они расстались. Лида зашагала вниз. Алиханов взлетел на четвертый этаж...

Левин обнял ее и долго разглядывал.

— Да, — сказал он, — годы идут, годы идут...

— Постарела?

— Как тебе сказать... Оформилась.

— А ты обрюзг. Позор. Галина дома?

— На собрании в школе. Хулиган у нас растет... Толстею, говоришь? Жена советует: «Тебе надо бегать по утрам». А я отвечаю: «Если побегу, то уже не вернусь...» Кофе хочешь? Раздевайся...

— Только после вас, доктор, — вспомнила Лида какую-то старую шутку.

Они прошли в гостиную. Торшер с прожженным абажуром. Иностранные журналы на подоконнике.

— Хорошо у тебя, — сказала Лида, — в новых квартирах жутко делается. Все полированное, сплошной хрусталь...

— Хрусталь и у меня есть, — похвастал Левин.

— Где?

— В ломбарде.

— По-прежнему канцерогенами занимаешься?

— По-прежнему.

— Расскажи.

— Минуточку, чайник поставлю.

— Жду...

Лида вынула записную книжку, авторучку и сигареты «БТ».

Левин вернулся. Они закурили.

— Ты во Франции был?

— Две недели.

— Ну и как?

— Нормально.

— А конкретнее?

— Трудолюбивый народ, реакционная буржуазия, экономический кризис, обнищание масс...

— Ты по-человечески расскажи. Хорошо французы к нам относятся?

— А черт их знает. Настроение у всех хорошее.

— Как насчет благосостояния? Как тебе француженки, понравились?

— Благосостояние нормальное. Кормили хорошо. У меня был третий стол. Вино, цыплята, кофе, сливки... Девицы замечательные. Вернее, так, либо уродина, либо красотка. Тут дело в косметике, я полагаю. Косметика достоинства подчеркивает, а недостатки утрирует... Держатся свободно, непосредственно. У них такие белые синтетические халаты, декольте...

— Что значит — белые халаты? Ты в клинике работал?

— Я не работал. Я дизентерией в Ницце заболел. День погулял и слег.

— Значит, Франции практически не видел?

— Почему? У нас был цветной телевизор.

— Не повезло тебе.

— Зато я отдохнул.

— Привез что-нибудь интересное? Сувениры, тряпки?

— Слушай, — оживился Левин, — я уникальную вещь привез. Только отнесись без ханжества. Ты же врач. Сейчас достану. Я его от Вовки прячу.

— Что ты имеешь в виду?

— Лидка, я член привез. Каучуковый член филигранной работы. Ей-богу. Куда же он девался? Видно, Галка перепрятала...

— Зачем это тебе?

— Как зачем? Это произведение искусства. Клянусь. И Галке нравится.

— Как таможенники не отобрали?

— Я же не в руках его тащил, я спрятал.

— Куда? Ведь не иголка...

— Я одну даму попросил из нашей лаборатории. Женщин менее тщательно обыскивают. И возможностей у них больше. Физиология более... укромная...

— Ты как ребенок. Поговорим лучше о деле.

— Сейчас я кофе принесу.

На столе появились конфеты, вафли и лимон.

— Сгущенное молоко принести?

— Нет. Рассказывай.

— Чего рассказывать? Я занимаюсь моделированием химических реакций. Одно время исследовал канцерогенез асбестовой пыли...

— Ты мне скажи, рак излечим?

— Рак кожи — да.

— А рак желудка, например?

— Лидочка, полный хаос в этом деле. Миллиграмм канцерогена убивает лошадь. У любого взрослого человека на пальце этих самых канцерогенов — табун отравить можно. А я вот курю и тем не менее — жив... Дым, в свою очередь, тоже... Не записывай. Рак — щекотливая тема. Запретят твою передачу.

— Не думаю.

— Что, я с журналистами дела не имел?! Обратись к терапевту, у них благодать. Соцобязательства каждый месяц берут... Ты позвони в свою контору, согласуй.

Агапова позвонила Нине Игнатьевне. Та перепугалась.

— Лидочка, рак — слишком печально. Порождает отрицательные эмоции. Ассоциируется с небезызвестным романом. Мы ждем чего-нибудь светлого...

— Рак — это проблема номер один.

— Лидочка, не упрямьтесь. Есть негласное распоряжение.

— Что ж, — вздохнула Лида, — извините...

— Куда ты? — удивился Левин. — Посиди.

— Я, в общем-то, по делу зашла.

— Мы семь лет не виделись. Скоро Галка придет, выпьем чего-нибудь.

— Ты уж прости, не хотелось бы мне ее видеть.

Левин молчал.

— Ты счастлив, Боря?

Левин снял очки. Теперь он был похож на второгодника.

— Какое там счастье! Живу, работаю. Галка, я согласен, трудный человек. Есть в ней что-то безжизненное. Володя — хам, начитанный, развитый хам. Я все-таки доктор наук, профессор. А он говорит мне вчера: «У тебя комплекс неполноценности...»

— Но ведь ты ученый, служишь людям. Ты должен гордиться...

— Брось, Лида. Я служу Галине и этому засранцу.

— Ты просто не в форме.

Лида уже стояла на площадке.

— А помнишь, как в Новгород ездили? — спросил Левин.

— Боря, замолчи сейчас же. Все к лучшему. Ну, я пошла.

И она пошла вниз, на ходу раскрывая зонтик. Щелчок — и над головой ее утвердился пестрый, чуть вибрирующий купол.

— А как мы дыни воровали?! — закричал он в лестничный пролет...

К этому времени стемнело. В лужах плавали акварельные неоновые огни. Бледные лица прохожих казались отрешенными. Из-за поворота, качнувшись, выехал наполненный светом трамвай. Лида опустилась на деревянную скамью. Сложила зонтик. В черном стекле напротив отражалось ее усталое лицо. Кому-то протянула деньги, ей сунули билет. Всю дорогу она спала и проснулась с головной болью. К дому шла медленно, ступая в лужи. Хорошо, догадалась надеть резиновые чешские боты...

Осинские жили в соседнем подъезде. Аркадий — тренер, вечно шутит. На груди у него, под замшевой курткой, блестит секундомер. Милка где-то химию преподает.

Сын — таинственная личность. Шесть лет уклоняется от воинской повинности. Шесть лет симулирует попеременно — неврозы, язву желудка и хронический артрит. Превзошел легендарного революционера Камо. За эти годы действительно стал нервным, испортил желудок и приобрел хронический артрит. Что касается медицинских знаний, то Игорь давно оставил позади любого участкового врача. Кроме того, разбирался в джазе и свободно говорил по-английски...

В общем, человек довольно интересный, только не работает...

Лида поднялась на третий этаж. Ей вдруг неудержимо захотелось домой. Прогоняя эту мысль, нажала кнопку. Глухо залаял Милорд.

— Входи, — обрадовалась Мила Осинская, — Игорь где-то шляется. Арик на сборах в Мацесте. Познакомься, это Владимир Иванович.

Навстречу ей поднялся грузный человек лет шестидесяти. Протянул руку, назвался. С достоинством разлил коньяк. Мила включила телевизор.

— Хочешь борща?

— Нет. Я, как ни странно, выпью.

— За все хорошее, — дружелюбно произнес Владимир Иванович.

Это был широкоплечий, здоровый мужчина в красивом тонком джемпере. Лицо умеренно, но регулярно выпивающего человека. В кино так изображают отставных полковников. Прочный лоб, обыденные светлые глаза, золотые коронки.

Чокнулись, выпили.

— Ну, беседуйте, — сказала хозяйка, — а я к Воробьевым зайду на десять минут. Мне Рита кофту вяжет...

И ушла.

— Я, в общем-то, по делу, — сказала Лида.

— К вашим услугам.

— Мы готовим радиопередачу «Встреча с интересным человеком». Людмила Сергеевна кое-что о вас рассказывала... И я подумала... Мне кажется, вы интересный человек...

— Человек я самый обыкновенный, — произнес Владимир Иванович, — хотя не скрою, работу люблю и в коллективе меня уважают...

— Где вы работаете? — Лида достала блокнот.

— В Порхове имеется филиал «Красной зари». Создаем координатные АТС. Цех большой, ведущий. По итогам второго квартала добились серьезных успехов...

— Вам не скучно?

— Не понял.

— Не скучно в провинции?

— Город наш растет, благоустраивается. Новый Дом культуры, стадион, жилые массивы... Записали?

Владимир Иванович наклонил бутылку. Лида отрицательно покачала головой. Он выпил. Подцепил ускользающий маринованный гриб.

Лида, выждав, продолжала:

— Я думаю, можно быть провинциалом в столице и столичным жителем в тундре.

— Совершенно верно.

— То есть провинция — явление духовное, а не географическое.

— Вот именно. Причем снабжение у нас хорошее: мясо, рыба, овощи...

— Гастролируют столичные творческие коллективы?

— Разумеется, вплоть до Магомаева.

Владимир Иванович снова налил.

— Вы, наверное, много читаете? — спросила Лида.

— Как же без этого. Симонова уважаю. Ананьева, военные мемуары, естественно — классику: Пушкина, Лермонтова, Толстого... Последних, как известно, было три... В молодости стихи писал...

— Это интересно.

— Дай бог памяти. Вот, например...

Владимир Иванович откинулся на спинку кресла:

> Каждый стремится у нас быть героем,
> Дружно шагаем в строю,
> Именем Сталина землю покроем,
> Счастье добудем в бою...

Лида подавила разочарование.

— Трудно быть начальником цеха?

— Прямо скажу — нелегко. Тут и производственный фактор, и моральный... План, текучесть, микроклимат, отрицаловка... А главное, требовательный народ пошел. Права свои знает. Дай то, дай это... Обязанностей никаких, а прав до черта... Эх, батьки Сталина нет... Порядок был, порядок... Опоздал на минуту — под суд! А сейчас... Разболтался народ, разболтался... Сатирики, понимаешь, кругом... Эх, нету батьки...

— Значит, вы одобряете культ личности? — тихо спросила Агапова.

— Культ, культ... Культ есть и будет... Личность нужна, понимаете, личность!

Владимир Иванович разгорячился, опьянел. Теперь он жестикулировал, наваливался и размахивал вилкой.

— Жизнь я нелегкую прожил. Всякое бывало. Низко падал, высоко залетал... Я ведь, между нами, был женат...

— Почему — между нами? — удивилась Лида.

— На племяннице Якира, — шепотом добавил Владимир Иванович.

— Якира? Того самого?

— Ну. Ребенок был у нас. Мальчишка...

— И где они сейчас?

— Не знаю. Потерял из виду. В тридцать девятом году...

Владимир Иванович замолчал, ушел в себя.

Долго Лида ждала, потом, волнуясь, краснея, спросила:

— То есть как это — потерял из виду? Как можно потерять из виду свою жену? Как можно потерять из виду собственного ребенка?

— Время было суровое, Лидочка, грозовое, суровое время. Семьи рушились, вековые устои рушились...

— При чем тут вековые устои?! — неожиданно крикнула Лида. — Я не маленькая. И все знаю. Якира арестовали, и вы подло бросили жену с ребенком. Вы... Вы... Вы — неинтересный человек!

— Я попросил бы, — сказал Владимир Иванович, — я попросил бы... Такими словами не бросаются...

И затем уже более миролюбиво:

— Ведите себя поскромнее, Лидочка, поскромнее, поскромнее...

Милорд приподнял голову.

Лида уже не слушала. Вскочила, сорвала курточку в прихожей и хлопнула дверью.

На лестнице было тихо и холодно. Тенью пронеслась невидимая кошка. Запах жареной рыбы наводил тоску.

Лида спустилась вниз и пошла через двор. Влажные сумерки прятались за гаражами и около мусорных баков. Темнели и поскрипывали ветки убогого сквера. На снегу валялся деревянный конь.

Лида заглянула в почтовый ящик, достала «Экономическую газету». Поднялась и отворила дверь. В комнате мужа гудел телевизор. На вешалке алело Танино демисезонное пальто. Лида разделась, кинула перчатки на зеркальный столик.

В уборную, едва поздоровавшись, скользнул молодой человек. Грязноватые локоны его были перевязаны коричневым сапожным шнурком. Плюшевые брюки ниспадали, как шлейф.

— Татьяна, кто это?

— Допустим, Женя. Мы занимаемся.

— Чем?

— Допустим, немецким языком. Ты что-нибудь имеешь против?

— Проследи, чтобы он вымыл руки, — сказала Лида.

— Как ты любишь все опошлить! — ненавидящим шепотом выговорила дочь...

Лида позвонила мне в час ночи. Ее голос звучал встревоженно и приглушенно:

— Не разбудила?

— Нет, — говорю, — хуже...

— Ты не один?

— Один. С Мариной...

— Ты можешь разговаривать серьезно?

— Разумеется.

— Нет ли у тебя в поле зрения интересного человека?

— Есть. И он тебе кланяется.

— Перестань. Дело очень серьезное. Мне в четверг передачу сдавать.

— О чем?

— Встреча с интересным человеком. Нет ли у тебя подходящей кандидатуры?

— Лида, — взмолился я, — ты же знаешь мое окружение. Сплошные подонки! Позвони Кленскому, у него тесть — инвалид...

— У меня есть предложение. Давай напишем передачу вместе. Заработаешь рублей пятнадцать.

— Я же не пользуюсь магнитофоном.

— Это я беру на себя. Мне нужен твой...

— Цинизм? — подсказал я.

— Твой профессиональный опыт, — деликатно сформулировала Лида.

— Ладно, — сказал я, чтобы отделаться, — позвоню тебе завтра утром. Вернее — сегодня...

— Только обязательно позвони.

— Я же сказал...

Тут Марина не выдержала. Укусила меня за палец.

— До завтра, — сказал (вернее — крикнул) я и положил трубку...

———

Лида приоткрыла дверь в комнату мужа, залитую голубоватым светом. Вадим лежал на диване в ботинках.

— Могу я наконец поужинать? — спросил он.

Заглянула дочь:

— Мы уходим.

У Тани было хмурое лицо, на котором застыла гримаса вечного противоборства.

— Возвращайся поскорее...

— Могу я наконец чаю выпить? — спросил Вадим.

— Я, между прочим, тоже работаю, — ответила Лида.

И потом, не давая разрастаться ссоре:

— Как ты думаешь, Меркин — интересный человек?..

КОМПРОМИСС СЕДЬМОЙ

(«Советская Эстония». Апрель. 1976 г.)

«НАРЯД ДЛЯ МАРСИАНИНА (Человек и профессия). Чего мы ждем от хорошего портного? Сшитый им костюм должен отвечать моде. А что бы вы подумали о закройщике, изделие которого отстает от требований моды... на двести лет? Между тем этот человек пользуется большим уважением и заслуживает самых теплых слов. Мы говорим о закройщике-модельере Русского драматического театра ЭССР Вольдемаре Сильде. Среди его постоянных клиентов испанские гранды и мушкетеры, русские цари и японские самураи, более того — лисицы, петухи и даже марсиане.

Театральный костюм рождается совместными усилиями художника и портного. Он должен соответствовать характеру эпохи, выражая при этом дух спектакля и свойства персонажей. Представьте себе Онегина в мешковатых брюках или Собакевича в элегантном фраке... Для того чтобы создать костюм раба Эзопа, Вольдемару Сильду пришлось изучать старинную живопись, греческую драму...

Сюртук, кафтан, бекеша, ментик, архалук — все это строго определенные виды одежды со своими специфическими чертами и аксессуарами.

— Один молодой актер, — рассказывает Сильд, — спросил меня: «Разве фрак и смокинг не одно и то же?» Для меня это вещи столь же разные, как телевизор и магнитофон.

Посещая спектакли других театров, Вольдемар Хендрикович с профессиональной взыскательностью обращает внимание на то, как одеты персонажи.

— И только на спектаклях моего любимого Вахтанговского театра, — говорит В. Сильд, — я забываю о том, что я модельер, и слежу за развитием пьесы — верный признак того, что костюмеры в этом театре работают безукоризненно.

Безукоризненно работает и сам Вольдемар Сильд, портной, художник, человек театра».

На летучке материал похвалили.

— Довлатов умеет живо писать о всякой ерунде.

— И заголовок эффектный...

— Слова откуда-то берет — аксессуары...

Назавтра вызывает меня редактор Туронок.

— Садитесь.

Сел.

— Разговор будет неприятный.

«Как все разговоры с тобой, идиот», — подумал я.

— Что за рубрика у вас?

— «Человек и профессия». Нас интересуют люди редких профессий. А также неожиданные аспекты...

— Знаете, какая профессия у этого вашего Сильда?

— Знаю. Портной. Театральный портной. Неожиданный аспект...

— Это сейчас. А раньше?

— Раньше — не знаю.

— Так знайте же, в войну он был палачом. Служил у немцев. Вешал советских патриотов. За что и отсидел двенадцать лет.

— О господи! — сказал я.

— Понимаете, что вы наделали?! Прославили изменника Родины! Навсегда скомпрометировали интересную рубрику!

— Но мне его рекомендовал директор театра.

— Директор театра — бывший обер-лейтенант СС. Кроме того, он голубой.

— Что значит — голубой?

— Так раньше называли гомосексуалистов. Он к вам не приставал?

Приставал, думаю. Еще как приставал. Руку мне, журналисту, подал. То-то я удивился...

Тут я вспомнил разговор с одним французом. Речь зашла о гомосексуализме.

— У нас за это судят, — похвастал я.

— А за геморрой у вас не судят? — проворчал француз...

— Я вас не обвиняю, — сказал Туронок, — вы действовали как положено. То есть согласовали кандидатуру. И все-таки надо быть осмотрительнее. Выбор героя — серьезное дело, чрезвычайно серьезное...

Об этом случае говорили в редакции недели две. Затем отличился мой коллега Буш. Взял интервью у капитана торгового судна ФРГ. Это было в канун годовщины Октябрьской революции. Капитан у Буша прославляет советскую власть. Выяснилось, что он беглый эстонец. Рванул летом шестьдесят девятого года на байдарке в Финляндию. Оттуда — в Швецию. И так далее. Буш выдумал это интервью от начала до конца. Случай имел резонанс, и про меня забыли...

КОМПРОМИСС ВОСЬМОЙ

(«Советская Эстония». Июнь. 1976 г.)

«МОСКВА. КРЕМЛЬ. Л. И. БРЕЖНЕВУ. ТЕЛЕГРАММА. Дорогой и многоуважаемый Леонид Ильич! Хочу поделиться с Вами радостным событием. В истекшем году мне удалось достичь небывалых трудовых показателей. Я надоила с одной коровы рекордное число* молока.

И еще одно радостное событие произошло в моей жизни. Коммунисты нашей фермы дружно избрали меня своим членом!

Обещаю Вам, Леонид Ильич, впредь трудиться с еще большим подъемом.

ЛИНДА ПЕЙПС».

«Эстонская ССР. ПАЙДЕСКИЙ РАЙОН. ЛИНДЕ ПЕЙПС. ТЕЛЕГРАММА. Дорогая Линда Пейпс! Я и мои товарищи от всего сердца благодарят Вас за достигнутые успехи. Самоотверженный труд на благо Родины возвышает человеческую жизнь ощущением причастности к борьбе за достижение коммунистических идеалов.

Разрешите также от души поздравить Вас с незабываемым событием — вступлением в ряды Коммунистической партии. Ведь партия — авангард советского общества, его славный передовой отряд.

ЛЕОНИД БРЕЖНЕВ».

---

* Здесь и в дальнейшем — явные стилистические погрешности.

У редактора Туронка лопнули штаны на заднице. Они лопнули без напряжения и треска, скорее — разошлись по шву. Таково негативное свойство импортной мягкой фланели.

Около двенадцати Туронок подошел к стойке учрежденческого бара. Люминесцентная голубизна редакторских кальсон явилась достоянием всех холуев, угодливо пропустивших его без очереди.

Сотрудники начали переглядываться.

Я рассказываю эту историю так подробно в силу двух обстоятельств. Во-первых, любое унижение начальства — большая радость для меня. Второе. Прореха на брюках Туронка имела определенное значение в моей судьбе...

Но вернемся к эпизоду у стойки.

Сотрудники начали переглядываться. Кто злорадно, кто сочувственно. Злорадствующие — искренне, сочувствующие — лицемерно. И тут, как всегда, появляется главный холуй, бескорыстный и вдохновенный. Холуй этот до того обожает начальство, что путает его с родиной, эпохой, мирозданием...

Короче, появился Эдик Вагин.

В любой газетной редакции есть человек, который не хочет, не может и не должен писать. И не пишет годами. Все к этому привыкли и не удивляются. Тем более что журналисты, подобные Вагину, неизменно утомлены и лихорадочно озабочены. Остряк Шаблинский называл это состояние — «вагинальным»...

Вагин постоянно спешил, здоровался отрывисто и нервно. Сперва я простодушно думал, что он — алкоголик. Есть среди бесчисленных модификаций похмелья и такая разновидность. Этакое мучительное бегство от дневного света. Вибрирующая подвижность беглеца, настигаемого муками совести...

Затем я узнал, что Вагин не пьет. А если человек не пьет и не работает — тут есть о чем задуматься.

— Таинственный человек, — говорил я.

— Вагин — стукач, — объяснил мне Быковер, — что в этом таинственного?

...Контора размещалась тогда на улице Пикк. Строго напротив здания Госбезопасности (ул. Пагари, 1). Вагин бывал там ежедневно. Или почти ежедневно. Мы видели из окон, как он переходит улицу.

— У Вагина — сверхурочные! — орал Шаблинский...

Впрочем, мы снова отвлеклись.

...Сотрудники начали переглядываться. Вагин мягко тронул редактора за плечо:

— Шеф... Непорядок в одежде...

И тут редактор сплоховал. Он поспешно схватился обеими руками за ширинку. Вернее... Ну, короче, за это место... Проделал то, что музыканты называют глиссандо. (Легкий пробег вдоль клавиатуры.) Убедился, что граница на замке. Побагровел:

— Найдите вашему юмору лучшее применение.

Развернулся и вышел, обдав подчиненных неоновым сиянием исподнего.

Затем состоялся короткий и весьма таинственный диалог.

К обескураженному Вагину подошел Шаблинский.

— Зря вылез, — сказал он, — так удобнее...

— Кому удобнее? — покосился Вагин.

— Тебе, естественно...

— Что удобнее?

— Да это самое...

— Нет, что удобнее?

— А то...

— Нет, что удобнее? Что удобнее? — раскричался Вагин. — Пусть скажет!

— Иди ты на хер! — помолчав, сказал Шаблинский.

— То-то же! — восторжествовал стукач...

Вагин был заурядный, неловкий стукач без размаха...

Не успел я его пожалеть, как меня вызвал редактор. Я немного встревожился. Только что подготовил материал на двести строк. Называется — «Папа выше солнца». О выставке детских рисунков. Чего ему надо, спрашивается? Да еще злополучная прореха на штанах. Может, редактор думает, что это я подстроил. Ведь был же подобный случай. Я готовил развернутую информацию о выставке декоративных собак.

Редактор, любитель животных, приехал на казенной машине — взглянуть. И тут началась гроза. Туронок расстроился и говорит:

— С вами невозможно дело иметь...

— То есть как это?

— Вечно какие-то непредвиденные обстоятельства...

Как будто я — Зевс и нарочно подстроил грозу.

...Захожу в кабинет. Редактор прогуливается между гипсовым Лениным и стереоустановкой «Эстония».

Изображение Ленина — обязательная принадлежность всякого номенклатурного кабинета. Я знал единственное исключение, да и то частичное. У меня был приятель Авдеев. Ответственный секретарь молодежной газеты. У него был отец, провинциальный актер из Луганска. Годами играл Ленина в своем драмтеатре. Так Авдеев ловко вышел из положения. Укрепил над столом громадный фотоснимок — папа в роли Ильича. Вроде не придраться — как бы и Ленин, а все-таки — папа...

...Туронок все шагал между бюстом и радиолой. Вижу — прореха на месте. Если можно так выразиться... Если у позора существует законное место...

Наконец редактор приступил:

— Знаете, Довлатов, у вас есть перо!

Молчу, от похвалы не розовею...

— Есть умение видеть, подмечать... Будем откровенны, культурный уровень русских журналистов в Эстонии, что называется, оставляет желать лучшего. Темпы идейного роста значительно, я бы сказал, опережают темпы культурного роста. Вспомните минувший актив. Кленский не знает, что такое синоним. Толстиков в передовой, заметьте, указывает: «...Коммунисты фабрики должны в ближайшие месяцы ликвидировать это недопустимое статус-кво...» Репецкий озаглавил сельскохозяйственную передовицу: «Яйца на экспорт!»... Как вам это нравится?

— Несколько интимно...

— Короче. Вы обладаете эрудицией, чувством юмора. У вас оригинальный стиль. Не хватает какой-то внутренней собранности, дисциплины... В общем, пора браться за дело. Выходить, как говорится, на простор большой журналистики. Тут есть одно любопытное соображение. Из Пайдеского района сообщают... Некая Пейпс дала рекордное количество молока...

— Пейпс — это корова?

— Пейпс — это доярка. Более того, депутат республиканского Совета. У нее рекордные показатели. Может быть, двести литров, а может быть, две тысячи... Короче — много. Уточните в райкоме. Мы продумали следующую операцию. Доярка обращается с рапортом к товарищу Брежневу. Товарищ Брежнев ей отвечает, это будет согласовано. Нужно составить письмо товарищу Брежневу. Принять участие в церемониях. Отразить их в печати...

— Это же по сельскохозяйственному отделу.

— Поедете спецкором. Такое задание мы не можем доверить любому. Привычные газетные штампы здесь неуместны. Человечинка нужна, вы понимаете? В общем, надо действовать. Получите командировочные, и с богом... Мы дадим телеграмму в райком... И еще. Учтите такое соображение. Подводя итоги редакционного конкурса, жюри будет отдавать предпочтение социально значимым материалам.

— То есть?

— То есть материалам, имеющим общественное значение.

— Разве не все газетные материалы имеют общественное значение?

Туронок поглядел на меня с едва заметным раздражением:

— В какой-то мере — да. Но это может проявляться в большей или меньшей степени.

— Говорят, за исполнение роли Ленина платят больше, чем за Отелло?..

— Возможно. И убежден, что это справедливо. Ведь актер берет на себя громадную ответственность...

...На протяжении всего разговора я испытывал странное ощущение. Что-то в редакторе казалось мне необычным. И тут я осознал, что дело в прорехе. Она как бы уравняла нас. Устранила его номенклатурное превосходство. Поставила на одну доску. Я убедился, что мы похожи. Завербованные немолодые люди в одинаковых (я должен раскрыть эту маленькую тайну) голубых кальсонах. Я впервые испытал симпатию к Туронку. Я сказал:

— Генрих Францевич, у вас штаны порвались сзади.

Туронок спокойно подошел к огромному зеркалу, нагнулся, убедился и говорит:

— Голубчик, сделай одолжение... Я дам нитки... У меня в сейфе... Не в службу, а в дружбу... Так, на скорую руку... Не обращаться же мне к Плюхиной...

Валя была редакционной секс-примой. С заученными, как у оперной певицы, фиоритурами в голосе. И с идиотской привычкой кусаться... Впрочем, мы снова отвлеклись...

— ...Не к Плюхиной же обращаться, — сказал редактор.

Вот оно, думаю, твое подсознание.

— Сделайте, голубчик.

— В смысле — зашить?

— На скорую руку.

— Вообще-то я не умею...

— Да как сумеете.

Короче, зашил я ему брюки. Чего уж там...

Заглянул в лабораторию к Жбанкову.

— Собирайся, — говорю, — пошли.

— Момент, — оживился Жбанков, — иду. Только у меня всего сорок копеек. И Жора должен семьдесят...

— Да я не об этом. Работа есть.

— Работа? — протянул Жбанков.

— Тебе что, деньги не нужны?

— Нужны. Рубля четыре до аванса.

— Редактор предлагает командировку на три дня.

— Куда?

— В Пайде.

— О, воблы купим!

— Я же говорю — поехали.

Звоню по местному Туронку:

— Можно взять Жбанкова?

Редактор задумался:

— Вы и Жбанков — сочетание, прямо скажем, опасное.

Затем он что-то вспомнил и говорит:

— На вашу ответственность. И помните — задание серьезное.

Так я пошел в гору. До этого был подобен советскому рублю. Все его любят, и падать некуда. У доллара все иначе. Забрался на такую высоту и падает, падает...

Путешествие началось оригинально. А именно — Жбанков явился на вокзал совершенно трезвый. Я даже узнал его не сразу. В костюме, печальный такой...

Сели, закурили.

— Ты молодец, — говорю, — в форме.

— Понимаешь, решил тормознуться. А то уже полный завал. Все же семья, дети... Старшему уже четыре годика. Лера была в детском саду, так заведующая его одного и хвалила. Развитый, говорит, сообразительный, энергичный, занимается онанизмом... В батьку пошел... Такой, понимаешь, клоп, а соображает...

Над головой Жбанкова звякнула корреспондентская сумка — поезд тронулся.

— Как ты думаешь, — спросил Жбанков, — буфет работает?

— У тебя же есть.

— Откуда?

— Только что звякнуло.

— А может, это химикаты?

— Рассказывай...

— Вообще, конечно, есть. Но ты подумай. Мы будем на месте в шесть утра. Захотим опохмелиться. Что делать? Все закрыто. Вакуум. Глас в пустыне...

— Нас же будет встречать секретарь райкома.

— С полбанкой, что ли? Он же не в курсе, что мы за люди.

— А кто тормознуться хотел?

— Я хотел, на время. А тут уже чуть ли не сутки прошли. Эпоха...

— Буфет-то работает, — говорю.

Мы шли по вагонам. В купейных было тихо. Бурые ковровые дорожки заглушали шаги. В общих приходилось беспрерывно извиняться, шагая через мешки, корзины с яблоками...

Раза два нас без злобы проводили матерком. Жбанков сказал:

— А выражаться, между прочим, не обязательно!

Тамбуры гудели от холодного ветра. В переходах, между тяжелыми дверьми с низкими алюминиевыми ручками, грохот усиливался.

Посетителей в ресторане было немного. У окна сидели два раскрасневшихся майора. Фуражки их лежали на столе. Один возбужденно говорил другому:

— Где линия отсчета, Витя? Необходима линия отсчета. А без линии отсчета, сам понимаешь...

Его собеседник возражал:

— Факт был? Был... А факт — он и есть факт... Перед фактом, как говорится, того...

В углу разместилась еврейская семья. Красивая полная девочка заворачивала в угол скатерти чайную ложку. Мальчик постарше то и дело смотрел на часы. Мать и отец еле слышно переговаривались.

Мы расположились у стойки. Жбанков помолчал, а затем говорит:

— Серж, объясни мне, почему евреев ненавидят? Допустим, они Христа распяли. Это, конечно, зря. Но ведь сколько лет прошло... И потом, смотри. Евреи, евреи... Вагин — русский, Толстиков — русский. А они бы Христа не то что распяли. Они бы его живым съели... Вот бы куда антисемитизм направить. На Толстикова с Вагиным. Я против таких, как они, страшный антисемитизм испытываю. А ты?

— Естественно.

— Вот бы на Толстикова антисемитизмом пойти! И вообще... На всех партийных...

— Да, — говорю, — это бы неплохо... Только не кричи.

— Но при том обрати внимание... Видишь, четверо сидят, не оборачивайся... Вроде бы натурально сидят, а что-то меня бесит. Наш бы сидел в блевотине — о'кей! Те два мудозвона у окна разоряются — нормально! А эти тихо сидят, но я почему-то злюсь. Может, потому, что живут хорошо. Так ведь и я бы жил не хуже. Если бы не водяра проклятая. Между прочим, куда хозяева задевались?..

Один майор говорил другому:

— Необходима шкала ценностей, Витя. Истинная шкала ценностей. Плюс точка отсчета. А без шкалы ценностей и точки отсчета, сам посуди...

Другой по-прежнему возражал:

— Есть факт, Коля! А факт — есть факт, как его ни поворачивай. Факт — это реальность, Коля! То есть нечто фактическое...

Девочка со звоном уронила чайную ложку. Родители тихо произнесли что-то укоризненное. Мальчик взглянул на часы...

Возникла буфетчица с локонами цвета половой мастики. За ней — официант с подносом. Обслужил еврейскую семью.

— Конечно, — обиделся Жбанков, — евреи всегда первые...

Затем он подошел к стойке.

— Бутылочку водки, естественно... И чего-нибудь легонького, типа на брудершафт...

Мы чокнулись, выпили. Изредка поезд тормозил, Жбанков придерживал бутылку. Потом — вторую.

Наконец он возбудился, порозовел и стал довольно обременителен.

— Дед, — кричал он, — я же работаю с телевиком! Понимаешь, с телевиком! Я художник от природы! А снимаю всякое фуфло. Рожи в объектив не помещаются. Снимал тут одного. Орденов — килограммов на восемь. Блестят, отсвечивают, как против солнца... Замудохался, ты себе не представляешь! А выписали шесть рублей за снимок! Шесть рублей! Сунулись бы к Айвазовскому, мол, рисуй нам бурлаков за шестерик... Я ведь художник...

Был уже первый час. Я с трудом отвел Жбанкова в купе. С величайшим трудом уложил. Протянул ему таблетку аспирина.

— Это яд? — спросил Жбанков и заплакал.

Я лег и повернулся к стене.

Проводник разбудил нас за десять минут до остановки.

— Спите, а мы Ыхью проехали, — недовольно выговорил он.

Жбанков неподвижно и долго смотрел в пространство. Затем сказал:

— Когда проводники собираются вместе, один другому, наверное, говорит: «Все могу простить человеку. Но ежели кто спит, а мы Ыхью проезжаем — век тому не забуду...»

— Поднимайся, — говорю, — нас же будут встречать. Давай хоть рожи умоем.

— Сейчас бы чего-нибудь горячего, — размечтался Жбанков.

Я взял полотенце, достал зубную щетку и мыло. Вытащил бритву.

— Ты куда?

— Барана резать, — отвечаю, — ты же горячего хотел...

Когда я вернулся, Жбанков надевал ботинки. Завел было философский разговор: «Сколько же мы накануне выпили?..» Но я его прервал.

Мы уже подъезжали. За окном рисовался вокзальный пейзаж. Довоенное здание, плоские окна, наполненные светом часы...

Мы вышли на перрон, сырой и темный.

— Что-то я фанфар не слышу, — говорит Жбанков.

Но к нам уже спешил, призывно жестикулируя, высокий, делового облика мужчина.

— Товарищи из редакции? — улыбаясь, поинтересовался он.

Мы назвали свои фамилии.

— Милости прошу.

Около уборной (интересно, почему архитектура вокзальных сортиров так напоминает шедевры Растрелли?) дежурила машина. Рядом топтался коренастый человек в плаще.

— Секретарь райкома Лийвак, — представился он.

Тот, что нас встретил, оказался шофером. Оба говорили почти без акцента. Наверное, происходили из волосовских эстонцев...

— Первым делом — завтракать! — объявил Лийвак.

Жбанков заметно оживился.

— Так ведь закрыто, — притворно сказал он.

— Что-нибудь придумаем, — заверил секретарь райкома.

Небольшие эстонские города уютны и приветливы. Ранним утром Пайде казался совершенно вымершим, нарисованным. В сумраке дрожали голубые, неоновые буквы.

— Как доехали? — спросил Лийвак.

— Отлично, — говорю.

— Устали?

— Нисколько.

— Ничего, отдохнете, позавтракаете...

Мы проехали центр с туберкулезной клиникой и желтым зданием райкома. Затем снова оказались в горизонтальном лабиринте тесных пригородных улиц. Два-три крутых поворота, и вот мы уже на шоссе. Слева — лес. Справа — плоский берег и мерцающая гладь воды.

— Куда это мы едем, — шепнул Жбанков, — может, у них там вытрезвиловка?

— Подъезжаем, — как бы угадал его мысли Лийвак, — здесь у нас что-то вроде дома отдыха. С ограниченным кругом посетителей. Для гостей...

— Вот я и говорю, — обрадовался Жбанков.

Машина затормозила возле одноэтажной постройки на берегу. Белые дощатые стены, вызывающая оскомину рифленая крыша, гараж... Из трубы, оживляя картину, лениво поднимается дым. От двери к маленькой пристани ведут цементные ступени. У причала, слегка накренившись, белеет лезвие яхты.

— Ну вот, — сказал Лийвак, — знакомьтесь.

На пороге стояла молодая женщина лет тридцати в брезентовой куртке и джинсах. У нее было живое, приветливое, чуть обезьянье лицо, темные глаза и крупные ровные зубы.

— Белла Ткаченко, — представилась она, — второй секретарь райкома комсомола.

Я назвал свою фамилию.

— Фотохудожник Жбанков Михаил, — тихо воскликнул Жбанков и щелкнул стоптанными каблуками.

— Белла Константиновна — ваша хозяйка, — ласково проговорил Лийвак, — тут и отдохнете... Две спальни, кабинет, финская баня, гостиная... Есть спортивный инвентарь, небольшая библиотека... Все предусмотрено, сами увидите...

Затем он что-то сказал по-эстонски.

Белла кивнула и позвала:

— Эви, туле синне!

Тотчас появилась раскрасневшаяся, совсем молодая девчонка в майке и шортах. Руки ее были в золе.

— Эви Саксон, — представил ее Лийвак, — корреспондент районной молодежной газеты.

Эви убрала руки за спину.

— Не буду вам мешать, — улыбнулся секретарь. — Программа в целом такова. Отдохнете, позавтракаете. К трем жду в райкоме. Отмечу ваши командировки. Познакомитесь с героиней. Дадим вам необходимые сведения. К утру материал должен быть готов. А сейчас, прошу меня извинить, дела...

Секретарь райкома бодро сбежал по крыльцу. Через секунду заработал мотор.

Возникла неловкая пауза.

— Проходите, что же вы? — спохватилась Белла.

Мы зашли в гостиную. Напротив окна мерцал камин, украшенный зеленой фаянсовой плиткой. По углам стояли глубокие низкие кресла.

Нас провели в спальню. Две широкие постели были накрыты клетчатыми верблюжьими одеялами. На тумбочке горел массивный багровый шандал, озаряя потолок колеблющимся розовым светом.

— Ваши апартаменты, — сказала Белла. — Через двадцать минут приходите завтракать.

Жбанков осторожно присел на кровать. Почему-то снял ботинки. Заговорил с испугом:

— Серж, куда это мы попали?

— А что? Просто идем в гору.

— В каком смысле?

— Получили ответственное задание.

— Ты обратил внимание, какие девки? Потрясающие девки! Я таких даже в ГУМе не видел. Тебе какая больше нравится?

— Обе ничего...

— А может, это провокация?

— То есть?

— Ты ее, понимаешь, хоп...

— Ну.

— А тебя за это дело в ментовку!

— Зачем же сразу — хоп. Отдыхай, беседуй...

— Что значит — беседуй?

— Беседа — это когда разговаривают.

— А-а, — сказал Жбанков.

Он вдруг стал на четвереньки и заглянул под кровать. Затем долго и недоверчиво разглядывал штепсельную розетку.

— Ты чего? — спрашиваю.

— Микрофон ищу. Тут, натурально, должен быть микрофон. Подслушивающее устройство. Мне знакомый алкаш рассказывал...

— Потом найдешь. Завтракать пора.

Мы наскоро умылись. Жбанков переодел сорочку.

— Как ты думаешь, — спросил он, — выставить полбанки?

— Не спеши, — говорю, — тут, видно, есть. К тому же сегодня надо быть в райкоме.

— Я же не говорю – упиться вдрабадан. Так, на брудершафт...

— Не спеши, — говорю.

— И еще вот что, — попросил Жбанков, — ты слишком умных разговоров не заводи. Другой раз бухнете с Шаблинским, а потом целый вечер: «Ипостась, ипостась...» Ты уж что-нибудь полегче... Типа — Сергей Есенин, армянское радио...

— Ладно, — говорю, — пошли.

Стол был накрыт в гостиной. Стандартный ассортимент распределителя ЦК: дорогая колбаса, икра, тунец, зефир в шоколаде.

Девушки переоделись в светлые кофточки и модельные туфли.

— Присаживайтесь, — сказала Белла.

Эви взяла поднос:

— Хотите выпить?

— А как же?! — сказал мой друг. — Иначе не по-христиански.

Эви принесла несколько бутылок.

— Коньяк, джин с тоником, вино, — предложила Белла.

Жбанков вдруг напрягся и говорит:

— Пардон, я этот коньяк знаю... Называется КВН... Или НКВД...

— КВВК, — поправила Белла.

— Один черт... Цена шестнадцать двадцать... Уж лучше три бутылки водяры на эту сумму.

— Не волнуйтесь, — успокоила Белла.

А Эви спросила:

— Вы — алкоголик?

— Да, — четко ответил Жбанков, — но в меру...

Я разлил коньяк.

— За встречу, — говорю.

— За приятную встречу, — добавила Белла.

— Поехали, — сказал Жбанков.

Воцарилась тишина, заглушаемая стуком ножей и вилок.

— Расскажите что-нибудь интересное, — попросила Эви.

Жбанков закурил и начал:

— Жизнь, девчата, в сущности — калейдоскоп. Сегодня — одно, завтра — другое. Сегодня — поддаешь, а завтра, глядишь, и копыта отбросил... Помнишь, Серж, какая у нас лажа вышла с трупами?

Белла подалась вперед:

— Расскажите.

— Помер завхоз телестудии — Ильвес. А может, директор, не помню. Ну, помер и помер... И правильно, в общем-то, сделал... Хороним его как положено... Мужики с телестудии приехали. Трансляция идет... Речи, естественно... Начали прощаться. Подхожу к этому самому делу и вижу — не Ильвес... Что я, Ильвеса не знаю?.. Я его сто раз фотографировал. А в гробу лежит посторонний мужик...

— Живой? — спросила Белла.

— Почему живой? Натурально, мертвый, как положено. Только не Ильвес. Оказывается, трупы в морге перепутали...

— Чем же все это кончилось? — спросила Белла.

— Тем и кончилось. Похоронили чужого мужика. Не прерывать же трансляцию. А ночью поменяли гробы... И вообще, какая разница?! Суть одна, только разные... как бы это выразиться?

— Ипостаси, — подсказал я.

Жбанков погрозил мне кулаком.

— Кошмар, — сказала Белла.

— Еще не то бывает, — воодушевился Жбанков, — я расскажу, как один повесился... Только выпьем сначала.

Я разлил остатки коньяка. Эви прикрыла рюмку ладонью:

— Уже пьяная.

— Никаких! — сказал Жбанков.

Девушки тоже закурили. Жбанков дождался тишины и продолжал:

— А как один повесился — это чистая хохма. Мужик по-черному гудел. Жена, естественно, пилит с утра до ночи. И вот он решил повеситься. Не совсем, а фиктивно. Короче — завернуть поганку. Жена пошла на работу. А он подтяжками за люстру уцепился и висит. Слышит — шаги. Жена с работы возвращается. Мужик глаза закатил. Для понта, естественно. А это была не жена. Соседка лет восьмидесяти, по делу. Заходит — висит мужик...

— Ужас, — сказала Белла.

— Старуха железная оказалась. Не то что в обморок... Подошла к мужику, стала карманы шмонать. А ему-то щекотно. Он и засмеялся. Тут старуха — раз и выключилась. И с концами. А он висит. Отцепиться не может. Приходит жена. Видит — такое дело. Бабка с концами и муж повесивши. Жена берет трубку, звонит: «Вася, у меня дома — тыща и одна ночь... Зато я теперь свободна. Приезжай...» А муж и говорит: «Я ему приеду... Я ему, пидору, глаз выколю...» Тут и жена отключилась. И тоже с концами...

— Ужас, — сказала Белла.

— Еще не такое бывает, — сказал Жбанков, — давайте выпьем!

— Баня готова, — сказала Эви.

— Это что же, раздеваться? — встревоженно спросил Жбанков, поправляя галстук.

— Естественно, — сказала Белла.

— Ногу, — говорю, — можешь отстегнуть.

— Какую ногу?

— Деревянную.

— Что? — закричал Жбанков.

Потом он нагнулся и высоко задрал обе штанины. Его могучие голубоватые икры были стянуты пестрыми немодными резинками.

— Я в футбол до сих пор играю, — не унимался Жбанков. — У нас там пустырь... Малолетки тренируются... Выйдешь, бывало, с похмелюги...

— Баня готова, — сказала Эви.

Мы оказались в предбаннике. На стенах висели экзотические плакаты. Девушки исчезли за ширмой.

— Ну, Серж, понеслась душа в рай! — бормотал Жбанков.

Он разделся быстро, по-солдатски. Остался в просторных сатиновых трусах. На груди его синела пороховая татуировка. Бутылка с рюмкой, женский профиль и червовый туз. А посредине — надпись славянской вязью: «Вот что меня сгубило!»

— Пошли, — говорю.

В тесной, стилизованной под избу коробке было нестерпимо жарко. Термометр показывал девяносто градусов. Раскаленные доски пришлось окатить холодной водой.

На девушках были яркие современные купальники, по две узеньких волнующих тряпицы.

— Правила знаете? — улыбнулась Белла. — Металлические вещи нужно снять. Может быть ожог...

— Какие вещи? — спросил Жбанков.

— Шпильки, заколки, булавки...

— А зубы? — спросил Жбанков.

— Зубы можно оставить, — улыбнулась Белла и добавила: — Расскажите еще что-нибудь.

— Это — в момент. Я расскажу, как один свадьбу в дерьме утопил...

Девушки испуганно притихли.

— Дружок мой на ассенизационном грузовике работал. Выгребал это самое дело. И была у него подруга, шибко грамотная. «Запах, — говорит, — от тебя нехороший». А он-то что может поделать? «Зато, — говорит, — платят нормально». — «Шел бы в такси», — она ему говорит. «А какие там заработки? С воробьиный пуп?»... Год проходит. Нашла она себе друга. Без запаха. А моему дружку говорит: «Все. Разлюбила. Кранты...» Он, конечно, переживает. А у тех — свадьба. Наняли общественную столовую, пьют, гуляют...

Дело к ночи... Тут мой дружок разворачивается на своем говновозе, пардон... Форточку открыл, шланг туда засунул и врубил насос... А у него в цистерне тонны четыре этого самого добра... Гостям в аккурат по колено. Шум, крики, вот тебе и «Горько!»... Милиция приехала... Общественную столовую актировать пришлось. А дружок мой получил законный семерик... Такие дела...

Девушки сидели притихшие и несколько обескураженные. Я невыносимо страдал от жары. Жбанков пребывал на вершине блаженства.

Мне все это стало надоедать. Алкоголь постепенно испарился. Я заметил, что Эви поглядывает на меня. Не то с испугом, не то с уважением. Жбанков что-то горячо шептал Белле Константиновне.

— Давно в газете? — спрашиваю.

— Давно, — сказала Эви, — четыре месяца.

— Нравится?

— Да, очень нравится.

— А раньше?

— Что?

— Где ты до этого работала?

— Я не работала. Училась в школе.

У нее был детский рот и пушистая челка. Высказывалась она поспешно, добросовестно, слегка задыхаясь. Говорила с шершавым эстонским акцентом. Иногда чуть коверкала русские слова.

— Чего тебя в газету потянуло?

— А что?

— Много врать приходится.

— Нет. Я делаю корректуру. Сама еще не пишу. Писала статью, говорят — нехорошо...

— О чем?

— О сексе.

— О чем?!

— О сексе. Это важная тема. Надо специальные журналы и книги. Люди все равно делают секс, только много неправильное...

— А ты знаешь, как правильно?

— Да. Я ходила замуж.

— Где же твой муж?

— Утонул. Выпил коньяк и утонул. Он изучался в Тарту по химии.

— Прости, — говорю.

— Я читала много твои статьи. Очень много смешное. И очень часто многоточки... Сплошные многоточки... Я бы хотела работать в Таллине. Здесь очень маленькая газета...

— Это еще впереди.

— Я знаю, что ты сказал про газету. Многие пишут не то самое, что есть. Я так не люблю.

— А что ты любишь?

— Я люблю стихи, люблю «Битлз»... Сказать, что еще?

— Скажи.

— Я немного люблю тебя.

Мне показалось, что я ослышался. Чересчур это было неожиданно. Вот уж не думал, что меня так легко смутить...

— Ты очень красивый!

— В каком смысле?

— Ты — копия Омар Шариф.

— Кто такой Омар Шариф?

— О, Шариф! Это — прима!..

Жбанков неожиданно встал. Потянул на себя дверь. Неуклюже и стремительно ринулся по цементной лестнице к воде. На секунду замер. Взмахнул руками. Произвел звериный, неприличный вопль и рухнул...

Поднялся фонтан муаровых брызг. Со дна потревоженной реки всплыли какие-то банки, коряги и мусор.

Секунды три его не было видно. Затем вынырнула черная непутевая голова с безумными, как у месячного щенка, глазами. Жбанков, шатаясь, выбрался на берег. Его худые чресла были скульптурно облеплены длинными армейскими трусами.

Дважды обежав вокруг коттеджа с песней «Любо, братцы, любо!», Жбанков уселся на полку и закурил.

— Ну как? — спросила Белла.

— Нормально, — ответил фотограф, гулко хлопнув себя резинкой по животу.

— А вы? — спросила Белла, обращаясь ко мне.

— Предпочитаю душ.

В соседнем помещении имелась душевая кабина. Я умылся и стал одеваться.

«Семнадцатилетняя провинциальная дурочка, — твердил я, — выпила три рюмки коньяка и ошалела...»

Я пошел в гостиную, налил себе джина с тоником. Снаружи доносились крики и плеск воды.

Скоро появилась Эви, раскрасневшаяся, в мокром купальнике.

— Ты злой на меня?

— Нисколько.

— Я вижу... Дай я тебя поцелую...

Тут я снова растерялся. И это при моем жизненном опыте...

— Нехорошую игру ты затеяла, — говорю.

— Я тебя не обманываю.

— Но мы завтра уезжаем.

— Ты будешь снова приходить...

Я шагнул к ней. Попробуйте оставаться благоразумным, если рядом семнадцатилетняя девчонка, которая только что вылезла из моря. Вернее, из реки...

— Ну, что ты? Что ты? — спрашиваю.

— Так всегда целуется Джуди Гарланд, — сказала Эви. — И еще она делает так...

Поразительно устроен человек! Или я один такой?! Знаешь, что вранье, примитивное райкомовское вранье, и липа, да еще с голливудским налетом, — все знаешь и счастлив как мальчишка...

У Эви были острые лопатки, а позвоночник из холодных морских камешков... Она тихо вскрикивала и дрожала.. Хрупкая пестрая бабочка в неплотно сжатом кулаке...

Тут раздалось оглушительное:

— Пардон!

В дверях маячил Жбанков. Я отпустил Эви.

Он поставил на стол бутылку водки. Очевидно, пустил в ход свой резерв.

— Уже первый час, — сказал я, — нас ждут в райкоме.

— Какой ты сознательный, — усмехнулся Жбанков.

Эви пошла одеваться. Белла Константиновна тоже переоделась. Теперь на ней был строгий, отчетно-перевыборный костюмчик.

И тут я подумал: ох, если бы не этот райком, не эта взбесившаяся корова!.. Жить бы тут, и никаких ответственных заданий... Яхта, речка, молодые барышни... Пусть лгут, кокетничают, изображают уцененных голливудских звезд... Какое это счастье — женское притворство!.. Да, может, я ради таких вещей на свет произошел!.. Мне тридцать четыре года, и ни одного, ни единого беззаботного дня... Хотя бы день пожить без мыслей, без забот и без тоски... Нет, собирайся в райком... Это где часы, портреты, коридоры, бесконечная игра в серьезность...

— Люди! У меня открылось второе дыхание! — заявил Жбанков.

Я разлил водку. Себе — полный фужер. Эви коснулась моего рукава:

— Теперь не выпей... Потом...

— А, ладно!

— Тебя ждет Лийвак.

— Все будет хорошо.

— Что значит — будет? — рассердился Жбанков. — Все уже хорошо! У меня открылось второе дыхание! Поехали!

Белла включила приемник. Низкий баритон выкрикивал что-то мучительно актуальное:

Истины нет в этом мире бушующем,
Есть только миг, за него и держись...
Есть только свет между прошлым и будущим,
Именно он называется — жизнь!

Мы пили снова и снова. Эви сидела на полу возле моего кресла. Жбанков разглагольствовал, то и дело отлучаясь в уборную. Каждый раз он изысканно вопрошал: «Могу ли я ознакомиться с планировкой?» Неизменно добавляя: «В смысле — отлить...»

И вдруг я понял, что упустил момент, когда нужно было остановиться. Появились обманчивая легкость и кураж. Возникло ощущение силы и безнаказанности.

— В гробу я видел этот райком! Мишка, наливай!

Тут инициативу взяла Белла Константиновна:

— Мальчики, отделаемся, а потом... Я вызову машину.

И ушла звонить по телефону.

Я сунул голову под кран. Эви вытащила пудреницу и говорит:

— Не можно смотреть.

Через двадцать минут наше такси подъехало к зданию райкома. Жбанков всю дорогу пел:

Не хочу с тобою говорить,
Не пори ты, Маня, ахинею...
Лучше я уйду к ребятам пить,
Эх, у ребят есть мысли поважнее...

Вероятно, таинственная Маня олицетворяла райком и партийные сферы...

Эви гладила мою руку и шептала с акцентом волнующие непристойности. Белла Константиновна выглядела строго.

Она повела нас широкими райкомовскими коридорами. С ней то и дело здоровались.

На первом этаже возвышался бронзовый Ленин. На втором — тоже бронзовый Ленин, поменьше. На третьем — Карл Маркс с похоронным венком бороды.

— Интересно, кто на четвертом дежурит? — спросил, ухмыляясь, Жбанков.

Там снова оказался Ленин, но уже из гипса...

— Подождите минутку, — сказала Белла Константиновна.

Мы сели. Жбанков погрузился в глубокое кресло. Ноги его в изношенных скороходовских ботинках достигали центра приемной залы. Эви несколько умерила свой пыл. Уж чересчур ее призывы шли вразрез с материалами наглядной агитации.

Белла приоткрыла дверь:

— Заходите.

Лийвак говорил по телефону. Свободная рука его призывно и ободряюще жестикулировала.

Наконец он повесил трубку.

— Отдохнули?

— Лично я — да, — веско сказал Жбанков. — У меня открылось второе дыхание...

— Вот и отлично. Поедете на ферму.

— Это еще зачем?! — воскликнул Жбанков. — Ах да...

— Вот данные относительно Линды Пейпс... Трудовые показатели... Краткая биография... Свидетельства о поощрениях... Где ваши командировочные? Штампы поставите внизу... Теперь, если вечер свободный, можно куда-то пойти... Драмтеатр, правда на эстонском языке, Сад отдыха... В «Интуристе» бар до часу ночи... Белла Константиновна, организуйте товарищам маленькую экскурсию...

— Можно откровенно? — Жбанков поднял руку.

— Прошу вас, — кивнул Лийвак.

— Здесь же все свои.

— Ну, разумеется.

— Так уж я начистоту, по-флотски?

— Слушаю.

Жбанков шагнул вперед, конспиративно понизил голос:

— Вот бы на кир перевести!

— То есть? — не понял Лийвак.

— Вот бы, говорю, на кир перевести!

Лийвак растерянно поглядел на меня. Я потянул Жбанкова за рукав. Тот шагнул в сторону и продолжал:

— В смысле — энное количество водяры заместо драмтеатра! Я, конечно, дико извиняюсь...

Изумленный Лийвак повернулся к Белле. Белла Константиновна резко отчеканила:

— Товарищ Жбанков и товарищ Довлатов обеспечены всем необходимым.

— Очень много вина, — простодушно добавила Эви.

— Что значит — много?! — возразил Жбанков. — Много — понятие относительное.

— Белла Константиновна, позаботьтесь, — распорядился секретарь.

— Вот это — по-флотски, — обрадовался Жбанков, — это — по-нашему!

Я решил вмешаться.

— Все ясно, — говорю, — данные у меня. Товарищ Жбанков сделает фотографии. Материал будет готов к десяти часам утра.

— Учтите, письмо должно быть личным...

Я кивнул.

— Но при этом его будет читать вся страна.

Я снова кивнул.

— Это должен быть рапорт...

Я кивнул в третий раз.

— Но рапорт самому близкому человеку...

Еще один кивок. Лийвак стоял рядом, я боялся обдать его винными парами. Кажется, все-таки обдал...

— И не увлекайтесь, товарищи, — попросил он, — не увлекайтесь. Дело очень серьезное. Так что в меру...

— Хотите, я вас с Довлатовым запечатлею? — неожиданно предложил Жбанков. — Мужики вы оба колоритные...

— Если можно, в следующий раз, — нетерпеливо отозвался Лийвак, — мы же завтра увидимся.

— Ладно, — согласился Жбанков, — тогда я вас запечатлею в более приличной обстановке...

Лийвак промолчал...

...Внизу нас ждала машина с утренним шофером.

— На ферму заедем, и все, — сказала Белла.

— Далеко это? — спрашиваю.

— Минут десять, — ответил шофер, — тут все близко.

— Хорошо бы по дороге врезку сделать, — шепнул Жбанков, — горючее на исходе.

И затем, обращаясь к водителю:

— Шеф, тормозни возле первого гастронома. Да смотри не продай!

— Мне-то какое дело, — обиделся шофер, — я сам вчера того.

— Так, может, за компанию?

— Я на работе... У меня дома приготовлено...

— Ладно. Дело хозяйское. Емкость у тебя найдется?

— А как же?!

Машина остановилась возле сельмага. У прилавка толпился народ. Жбанков, вытянув кулак с шестью рублями, энергично прокладывал себе дорогу.

— На самолет опаздываю, мужики... Такси, понимаешь, ждет... Ребенок болен... Жена, сука, рожает...

Через минуту он выплыл с двумя бутылками кагора.

Водитель протянул ему мутный стакан.

— Ну, за все о'кей!

— Наливай, — говорю, — и мне. Чего уж там!

— А кто будет фотографировать? — спросила Эви.

— Мишка все сделает. Работник он хороший.

И действительно, работал Жбанков превосходно. Сколько бы ни выпил. Хотя аппаратура у него была самая примитивная. Фотокорам раздали японские камеры, стоимостью чуть ли не пять тысяч. Жбанкову японской камеры не досталось. «Все равно пропьет», — заявил редактор. Жбанков фотографировал аппаратом «Смена» за девять рублей. Носил его в кармане, футляр был потерян. Проявитель использовал неделями. В нем плавали окурки. Фотографии же выходили четкие, непринужденные, по-газетному контрастные. Видно, было у него какое-то особое дарование...

Наконец мы подъехали к зданию дирекции, увешанному бесчисленными стендами. Над воротами алел транспарант: «Кость — ценное промышленное сырье!» У крыльца толпилось несколько человек. Водитель что-то спросил по-эстонски. Нам показали дорогу...

Коровник представлял собой довольно унылое низкое здание. Над входом горела пыльная лампочка, освещая загаженные ступени.

Белла Константиновна, Жбанков и я вышли из машины. Водитель курил. Эви дремала на заднем сиденье.

Неожиданно появился хромой человек с кожаной офицерской сумкой.

— Главный агроном Савкин, — назвался он, — проходите.

Мы вошли. За дощатыми перегородками топтались коровы. Позвякивали колокольчики, раздавались тягостные вздохи и уютный шорох сена. Вялые животные томно оглядывали нас.

...Есть что-то жалкое в корове, приниженное и отталкивающее. В ее покорной безотказности, обжорстве и равнодушии. Хотя, казалось бы, и габариты, и рога... Обыкновенная курица и та выглядит более независимо. А эта — чемодан, набитый говядиной и отрубями... Впрочем, я их совсем не знаю...

— Проходите, проходите...

Мы оказались в тесной комнатке. Пахло кислым молоком и навозом. Стол был покрыт голубой клеенкой. На перекрученном шнуре свисала лампа. Вдоль стен желтели фанерные ящики для одежды. В углу поблескивал доильный агрегат.

Навстречу поднялась средних лет женщина в зеленой кофте. На пологой груди ее мерцали ордена и значки.

— Линда Пейпс! — воскликнул Савкин.

Мы поздоровались.

— Я ухожу, — сказал главный агроном, — если что, звоните по местному — два, два, шесть...

Мы с трудом разместились. Жбанков достал из кармана фотоаппарат.

Линда Пейпс казалась немного растерянной.

— Она говорит только по-эстонски, — сказала Белла.

— Это не важно.

— Я переведу.

— Спроси ее чего-нибудь для понта, — шепнул мне Жбанков.

— Вот ты и спроси, — говорю.

Жбанков наклонился к Линде Пейпс и мрачно спросил:

— Который час?

— Переведите, — оттеснил я его, — как Линда добилась таких высоких результатов?

Белла перевела.

Доярка что-то испуганно прошептала.

— Записывайте, — сказала Белла. — Коммунистическая партия и ее ленинский Центральный Комитет...

— Все ясно, — говорю, — узнайте, состоит ли она в партии?

— Состоит, — ответила Белла.

— Давно?

— Со вчерашнего дня.

— Момент, — сказал Жбанков, наводя фотоаппарат.

Линда замерла, устремив глаза в пространство.

— Порядок, — сказал Жбанков, — шестерик в кармане.

— А корова? — удивилась Белла.

— Что — корова?

— По-моему, их нужно сфотографировать рядом.

— Корова здесь не поместится, — разъяснил Жбанков, — а там освещение хреновое.

— Как же быть?

Жбанков засунул аппарат в карман.

— Коров в редакции навалом, — сказал он.

— То есть? — удивилась Белла.

— Я говорю, в архиве коров сколько угодно. Вырежу твою Линду и подклею.

Я тронул Беллу за рукав:

— Узнайте, семья большая?

Она заговорила по-эстонски. Через минуту перевела:

— Семья большая, трое детей. Старшая дочь кончает школу. Младшему сыну — четыре годика.

— А муж? — спрашиваю.

Белла понизила голос:

— Не записывайте... Муж их бросил.

— Наш человек! — почему-то обрадовался Жбанков.

— Ладно, — говорю, — пошли...

Мы попрощались. Линда проводила нас чуточку разочарованным взглядом. Ее старательно уложенные волосы поблескивали от лака.

Мы вышли на улицу. Шофер успел развернуться. Эви в замшевой курточке стояла у радиатора.

Жбанков вдруг слегка помешался.

— Кыйк, — заорал он по-эстонски, — все! Вперед, товарищи! К новым рубежам! К новым свершениям!

Через полчаса мы были у реки. Шофер сдержанно простился и уехал. Белла Константиновна подписала его наряд.

Вечер был теплый и ясный. За рекой багровел меркнущий край неба. На воде дрожали розовые блики.

В дом идти не хотелось. Мы спустились на пристань. Некоторое время молчали. Затем Эви спросила меня:

— Почему ты ехал в Эстонию?

Что я мог ответить? Объяснить, что нет у меня дома, родины, пристанища, жилья?.. Что я всегда искал эту тихую пристань?.. Что я прошу у жизни одного — сидеть вот так, молчать, не думать?..

— Снабжение, — говорю, — у вас хорошее. Ночные бары...

— А вы? — Белла повернулась к Жбанкову...

— Я тут воевал, — сказал Жбанков, — ну и остался... Короче — оккупант...

— Сколько же вам лет?

— Не так уж много, сорок пять. Я самый конец войны застал, мальчишкой. Был вестовым у полковника Адера... Ранило меня...

— Расскажите, — попросила Белла, — вы так хорошо рассказываете.

— Что тут рассказывать? Долбануло осколком, и вся любовь... Ну что, пошли?

В доме зазвонил телефон.

— Минутку, — воскликнула Белла, на ходу доставая ключи.

Она скоро вернулась.

— Юхан Оскарович просит вас к телефону.

— Кто? — спрашиваю.

— Лийвак...

Мы зашли в дом. Щелкнул выключатель — окна стали темными. Я поднял трубку.

— Мы получили ответ, — сказал Лийвак.

— От кого? — не понял я.

— От товарища Брежнева.

— То есть как? Ведь письмо еще не отправлено.

— Ну и что? Значит, референты Брежнева чуточку оперативнее вас... нас, — деликатно поправился Лийвак.

— Что же пишет товарищ Брежнев?

— Поздравляет... Благодарит за достигнутые успехи... Желает личного счастья...

— Как быть? — спрашиваю. — Рапорт писать или нет?

— Обязательно. Это же документ. Надеюсь, канцелярия товарища Брежнева оформит его задним числом.

— Все будет готово к утру.

— Жду вас...

...Девушки принялись возрождать закуску. Жбанков и я уединились в спальне.

— Мишка, — говорю, — у тебя нет ощущения, что все это происходит с другими людьми... Что это не ты... И не я... Что это какой-то идиотский спектакль... А ты просто зритель...

— Знаешь, что я тебе скажу, — отозвался Жбанков, — не думай. Не думай, и все. Я уже лет пятнадцать не думаю. А будешь думать — жить не захочется. Все, кто думает, несчастные...

— А ты счастливый?

— Я-то? Да я хоть сейчас в петлю! Я боли страшусь в последнюю минуту. Вот если бы заснуть и не проснуться...

— Что же делать?

— Вдруг это такая боль, что и перенести нельзя...

— Что же делать?

— Не думать. Водку пить.

Жбанков достал бутылку.

— Я, кажется, напьюсь, — говорю.

— А то нет! — подмигнул Жбанков. — Хочешь из горла?

— Там же есть стакан.

— Кайф не тот.

Мы по очереди выпили. Закусить было нечем. Я с удовольствием ощущал, как надвигается пьяный дурман. Контуры жизни становились менее отчетливыми и резкими...

Чтобы воспроизвести дальнейшие события, требуется известное напряжение.

Помню, была восстановлена дефицитная райкомовская закуска. Впрочем, появилась кабачковая икра — свидетельство упадка. Да и выпивка пошла разрядом ниже — заветная Мишкина бутылка, югославская «Сливовица», кагор...

На десятой минуте Жбанков закричал, угрожающе приподнимаясь:

— Я художник, понял! Художник! Я жену Хрущева фотографировал! Самого Жискара, блядь, д'Эстена! У меня при доме инвалидов выставка была! А ты говоришь — корова!..

— Дурень ты мой, дурень, — любовалась им Белла, — пойдем, киса, я тебя спать уложу...

— Ты очень грустный, — сказала мне Эви, — что-нибудь есть плохое?

— Все, — говорю, — прекрасно! Нормальная собачья жизнь...

— Надо меньше думать. Радоваться то хорошее, что есть.

— Вот и Мишка говорит — пей!

— Пей уже хватит. Мы сейчас пойдем. Я буду тебе понравиться...

— Что несложно, — говорю.

— Ты очень красивый.

— Старая песня, а как хорошо звучит!

Я налил себе полный фужер. Нужно ведь как-то закончить этот идиотский день. Сколько их еще впереди?..

Эви села на пол возле моего кресла.

— Ты непохожий, как другие, — сказала она. — У тебя хорошая карьера. Ты красивый. Но часто грустный. Почему?

— Потому что жизнь одна, другой не будет.

— Ты не думай. Иногда лучше быть глупым.

— Поздно, — говорю, — лучше выпить.

— Только не будь грустный.

— С этим покончено. Я иду в гору. Получил ответственное задание. Выхожу на просторы большой журналистики...

— У тебя есть машина?

— Ты спроси, есть ли у меня целые носки.

— Я так хочу машину.

— Будет. Разбогатею — купим.

Я выпил и снова налил. Белла тащила Жбанкова в спальню. Ноги его волочились, как два увядших гладиолуса.

— И мы пойдем, — сказала Эви, — ты уже засыпаешь.

— Сейчас.

Я выпил и снова налил.

— Пойдем.

— Вот уеду завтра, найдешь кого-нибудь с машиной.

Эви задумалась, положив голову мне на колени.

— Когда буду снова жениться, только с евреем, — заявила она.

— Это почему же? Думаешь, все евреи — богачи?

— Я тебе объясню. Евреи делают обрезание...

— Ну.

— Остальные не делают.

— Вот сволочи!

— Не смейся. Это важная проблема. Когда нет обрезания, получается смегма...

— Что?

— Смегма. Это нехорошие вещества... канцерогены. Вон там, хочешь, я тебе показываю?

— Нет уж, лучше заочно...

— Когда есть обрезание, смегма не получается. И тогда не бывает рак шейки матки. Знаешь шейку матки?

— Ну, допустим... Ориентировочно...

— Статистика показывает, когда нет обрезания, чаще рак шейки матки. А в Израиле нет совсем...

— Чего?

— Шейки матки... Рак шейки матки... Есть рак горла, рак желудка...

— Тоже не подарок, — говорю.

— Конечно, — согласилась Эви.

Мы помолчали.

— Идем, — сказала она, — ты уже засыпаешь...

— Подожди. Надо обрезание сделать..

Я выпил полный фужер и снова налил.

— Ты очень пьяный, идем...

— Мне надо обрезание сделать. А еще лучше — отрезать эту самую шейку к чертовой матери!

— Ты очень пьяный. И злой на меня.

— Я не злой. Мы — люди разных поколений. Мое поколение — дрянь! А твое — это уже нечто фантастическое!

— Почему ты злой?

— Потому что жизнь одна. Прошла секунда, и конец. Другой не будет...

— Уже час ночи, — сказала Эви.

Я выпил и снова налил. И сразу же куда-то провалился. Возникло ощущение, как будто я — на дне аквариума. Все раскачивалось, уплывало, мерцали какие-то светящиеся блики... Потом все исчезло...

...Проснулся я от стука. Вошел Жбанков. На нем был спортивный халат.

Я лежал поперек кровати. Жбанков сел рядом.

— Ну как? — спросил он.

— Не спрашивай.

— Когда я буду стариком, — объявил Жбанков, — напишу завещание внукам и правнукам. Вернее, инструкцию. Это будет одна-единственная фраза. Знаешь какая?

— Ну?

— Это будет одна-единственная фраза: «Не занимайтесь любовью с похмелья!» И три восклицательных знака.

— Худо мне. Совсем худо.

— И подлечиться нечем. Ты же все и оприходовал.

— А где наши дамы?

— Готовят завтрак. Надо вставать. Лийвак ждет...

Жбанков пошел одеваться. Я сунул голову под кран. Потом сел за машинку. Через пять минут текст был готов.

«Дорогой и многоуважаемый Леонид Ильич! Хочу поделиться радостным событием. В истекшем году мне удалось достичь небывалых трудовых показателей. Я надоила с одной коровы...» («...с одной коровы» я написал умышленно. В этом обороте звучала жизненная достоверность и трогательное крестьянское простодушие).

Конец был такой:

«...И еще одно радостное событие произошло в моей жизни. Коммунисты нашей фермы дружно избрали меня своим членом!»

Тут уже явно хромала стилистика. Переделывать не было сил...

— Завтракать, — позвала Белла.

Эви нарезала хлеб. Я виновато с нею поздоровался. В ответ — радужная улыбка и задушевное: «Как ты себя чувствуешь?»

— Хуже некуда, — говорю.

Жбанков добросовестно исследовал пустые бутылки.

— Ни грамма, — засвидетельствовал он.

— Пейте кофе, — уговаривала Белла, — через минуту садимся в такси.

От кофе легче не стало. О еде невозможно было и думать.

— Какие-то бабки еще шевелятся, — сказал Жбанков, вытаскивая мелочь.

Затем он посмотрел на Беллу Константиновну:

— Мать, добавишь полтора рубля?

Та вынула кошелек.

— Я из Таллина вышлю, — заверил Жбанков.

— Ладно, заработал, — цинично усмехнулась Белла.

Раздался автомобильный гудок.

Мы собрали портфели, уселись в такси. Вскоре Лийвак пожимал нам руки. Текст, составленный мною, одобрил безоговорочно. Более того, произнес короткую речь:

— Я доволен, товарищи. Вы неплохо потрудились, культурно отдохнули. Рад был познакомиться. Надеюсь, эта дружба станет традиционной. Ведь партийный работник и журналист где-то, я бы сказал, — коллеги. Успехов вам на трудном идеологическом фронте. Может, есть вопросы?

— Где тут буфет? — спросил Жбанков. — Маленько подлечиться...

Лийвак нахмурился:

— Простите мне грубое русское выражение...

Он выждал укоризненную паузу.

— ...Но вы поступаете, как дети!

— Что, и пива нельзя? — спросил Жбанков.

— Вас могут увидеть, — понизил голос секретарь, — есть разные люди... Знаете, какая обстановка в райкоме...

— Ну и работенку ты выбрал, — посочувствовал ему Жбанков.

— Я по образованию — инженер, — неожиданно сказал Лийвак.

Мы помолчали. Стали прощаться. Секретарь уже перебирал какие-то бумаги.

— Машина ждет, — сказал он. — На вокзал я позвоню. Обратитесь в четвертую кассу. Скажите, от меня...

— Чао, — махнул ему рукой Жбанков.

Мы спустились вниз. Сели в машину. Бронзовый Ленин смотрел нам вслед. Девушки поехали с нами...

На перроне Жбанков и Белла отошли в сторону.

— Ты будешь приходить еще? — спросила Эви.

— Конечно.

— И я буду ехать в Таллин. Позвоню в редакцию. Чтобы не рассердилась твоя жена.

— Нет у меня жены, — говорю, — прощай, Эви. Не сердись, пожалуйста...

— Не пей так много, — сказала Эви.

Я кивнул.

— А то не можешь делать секс.

Я шагнул к ней, обнял и поцеловал. К нам приближались Белла и Жбанков. По его жестикуляции было видно, что он нахально лжет.

Мы поднялись в купе. Девушки шли к машине, оживленно беседуя. Так и не обернулись...

— В Таллине опохмелимся, — сказал Жбанков, — есть около шести рублей. А хочешь, я тебе приятную вещь скажу?

Жбанков подмигнул мне. Радостная, торжествующая улыбка преобразила его лицо.

— Сказать? Мне еще Жора семьдесят копеек должен!..

КОМПРОМИСС ДЕВЯТЫЙ

(«Советская Эстония». Июль. 1976 г.)

«САМАЯ ТРУДНАЯ ДИСТАНЦИЯ. Тийна Кару родилась в дружной семье, с золотой медалью окончила школу, была секретарем комитета ВЛКСМ, увлекалась спортом. Тут нужно выделить одну характерную деталь. Из многочисленных видов легкой атлетики она предпочла бег на 400 метров, а эта дистанция, по мнению специалистов, наиболее трудоемкая в спорте, требует сочетания быстроты и выносливости, взрывной силы и напряженной воли к победе. Упорство, последовательность, аскетический режим — вот факторы, которые определили биографию Тийны, ее путь к намеченной цели. Окончив школу, Тийна поступает на химическое отделение ТГУ, участвует в работе СНО, охотно выполняет комсомольские поручения. На последнем курсе она становится членом КПСС. Затем она — аспирантка Института химии АН ЭССР. Как специалиста-химика Тийну интересует механизм воздействия канцерогенных веществ на организм человека. Диссертация почти готова.

Тийна Кару ставит перед собой высокие реальные цели. Веришь, что она добьется успеха на своей трудной дистанции».

С Тийной Кару нас познакомили общие друзья. Интересная, неглупая женщина, молодой ученый. Подготовил о ней зарисовку. Изредка Тийна попадалась мне в разных научных компаниях. Звонит однажды:

— Ты свободен? Мне надо с тобой поговорить.

Я пришел в кафе «Райа». Заказал джина. Она сказала:

— Я четыре года замужем. До сих пор все было хорошо. Летом Руди побывал в Москве. Затем вернулся. Тут все и началось...

— ?

— Происходит что-то странное. Он хочет... Как бы тебе объяснить... Мы стали чужими...

Я напрягся и внятно спросил:

— В половом отношении?

— Именно.

— Чем же я могу помочь?

— То есть почему я к тебе обратилась? Ты единственный аморальный человек среди моих знакомых. Вот я и хочу проконсультироваться.

— Не понимаю.

— Обсудить ситуацию.

— Видишь ли, я даже с мужчинами не обсуждаю эти темы. Но у моего приятеля есть книга — «Технология секса». Я возьму, если хочешь. Только ненадолго. Это его настольная книга. Ты свободно читаешь по-русски?

— Конечно.

Принес ей «Технологию». Книга замечательная. Первую страницу открываешь, написано «Введение». Уже смешно. Один из разделов начинается так: «Любовникам с непомерно большими животами можем рекомендовать позицию — 7». Гуманный автор уделил внимание даже таким презренным существам, как любовники с большими животами...

Отдал ей книгу. Через неделю возвращает.

— Все поняла?

— Кроме одного слова — «исподволь».

Объяснил ей, что значит — исподволь.

— Теперь я хочу овладеть практическими навыками.

— Благословляю тебя, дочь моя!

— Только не с мужем. Я должна сначала потренироваться.

Подчеркиваю, все это говорилось без тени кокетства, на эстонский манер, основательно и деловито.

— Ты — аморальный человек? — спросила она.

— Не совсем.

— Значит — отказываешься?

— Тийна! — взмолился я. — Так это не делается! У нас хорошие товарищеские отношения. Нужен срок, может быть, они перейдут в другое чувство...

— Какой?

— Что — какой?

— Какой нужен срок?

— О господи, не знаю... Месяц, два...

— Не выйдет. Я в апреле кандидатский минимум сдаю... Познакомь меня с кем-нибудь. Желательно с брюнетом. Есть же у тебя друзья-подонки?

— Преобладают, — сказал я.

Сижу, думаю. Шаблинский, конечно, ас, но грубый. Розенштейн дачу строит, вконец обессилел. Гуляев —

блондин. У Мити Кленского — триппер. Оська Чернов? Кажется, подходит. Застенчивый, пылкий брюнет. Правда, он скуповат, но это чепуха. На один раз сойдет.

Спрашиваю Чернова:

— Много у тебя было женщин?

— Тридцать шесть и четыре под вопросом.

— Что значит — под вопросом?

Оська потупился:

— Всякого рода отклонения.

Годится, думаю. Изложил ему суть дела.

Оська растерялся:

— Я ее видел как-то раз. Она мне даже нравится. Но, согласись, вот так, утилитарно...

— Что тебе стоит?

— Я все-таки мужчина.

— Вот и посодействуй человеку.

Купил я на свои деньги бутылку рома, пригласил Осю и Тийну. Тийна мне шепнула:

— Я договорилась с подругой. Три часа квартира в моем распоряжении.

Выпили, закурили, послушали Би-би-си. Оська пустился было в рассуждения:

— Да, жизнестойкой может быть лишь преследуемая организация...

Тийна его перебила:

— Надо идти. А то подруга вернется.

Отправились. Утром Тийна мне звонит.

— Ну как? — спрашиваю.

— Проводил меня и ушел домой.

Звоню Чернову:

— Совесть есть у тебя?

— Веришь ли, старик, не могу. Как-то не получается...

— Что ты за мужик после этого?!

Оська возмутился:

— Я имел больше женщин, чем ты съел котлет. А такой не встречал. Самое удивительное, что она мне нравится.

Пригласил их обоих снова. Выставил недопитый ром. Ушли. Тийна звонит:

— Черт бы побрал твоего друга!

— Неужели, — говорю, — опять дезертировал?

— Ты понимаешь, сели в машину. Расплачивался Ося в темноте. Сунул шоферу десятку вместо рубля. Потом страшно расстроился. Пешком ушел домой... Я видела, что он сует десятку. Я думала, что на Кавказе это принято. Что он хочет произвести на меня впечатление. Ведь Ося — грузин?

— Ося — еврей. И вообще его настоящая фамилия — Малкиэль.

Снова ему звоню:

— Оська, будь же человеком!

— Понимаешь, была десятка, рубль и мелочь...

В третий раз их пригласил.

— Послушайте, — говорю, — я сегодня ночую в редакции. А вы оставайтесь. Шнапс в холодильнике. Будут звонить — не реагируйте. Двери запереть, чтобы Оська не сбежал?

— Да не сбегу я.

Отправился в редакцию дежурить. Тийна звонит:

— Спустись на минутку.

Спустился в холл. Она достает из портфеля шоколад и бутылку виски «Лонг Джон».

— Дай, — говорит, — я тебя поцелую. Да не бойся, по-товарищески...

Поцеловала меня.

— Если бы ты знал, как я тебе благодарна!

— Оську благодари.

— Я ему десять рублей вернула. Те, что он шоферу дал.

— Какой позор!

— Ладно, он их честно заработал.

Я спрятал бутылку в карман и пошел заканчивать статью на моральную тему.

КОМПРОМИСС ДЕСЯТЫЙ

(«Вечерний Таллин». Июль. 1976 г.)

«ОНИ МЕШАЮТ НАМ ЖИТЬ. Сегодня утром был доставлен в медвытрезвитель № 4 гражданин Э. Л. Буш, пытавшийся выдать себя за работника республиканской прессы. Э. Л. Буш оказал неповиновение служащим медвытрезвителя, выразившееся в укусах, о чем решено сообщить по месту его работы, установить которое хотя бы с приблизительной точностью все еще не удалось».

Как обычно, не хватило спиртного, и, как всегда, я предвидел это заранее. А вот с закуской не было проблем. Да и быть не могло. Какие могут быть проблемы, если Севастьянову удавалось разрезать обыкновенное яблоко на шестьдесят четыре дольки?!.

Помню, дважды бегали за «Стрелецкой». Затем появились какие-то девушки из балета на льду. Шаблинский все глядел на девиц, повторяя:

— Мы растопим этот лед... Мы растопим этот лед...

Наконец подошла моя очередь бежать за водкой. Шаблинский отправился со мной. Когда мы вернулись, девушек не было.

Шаблинский сказал:

— А бабы-то умнее, чем я думал. Поели, выпили и ретировались.

— Ну и хорошо, — произнес Севастьянов, — давайте я картошки отварю.

— Ты бы еще нам каши предложил! — сказал Шаблинский.

Мы выпили и закурили. Алкоголь действовал неэффективно. Ведь напиться как следует — это тоже искусство...

Девушкам в таких случаях звонить бесполезно. Раз уж пьянка не состоялась, то все. Значит, тебя ждут сплошные унижения. Надо менять обстановку. Обстановка — вот что главное.

Помню, Тофик Алиев рассказывал:

— Дома у меня рояль, альков, серебряные ложки... Картины чуть ли не эпохи Возрождения... И — никакого секса. А в гараже — разный хлам, покрышки старые, брезентовый чехол... Так я на этом чехле имел половину хореографического училища. Многие буквально уговаривали — пошли в гараж! Там, мол, обстановка соответствующая...

Шаблинский встал и говорит:

— Поехали в Таллин.

— Поедем, — говорю.

Мне было все равно. Тем более что девушки исчезли.

Шаблинский работал в газете «Советская Эстония». Гостил в Ленинграде неделю. И теперь возвращался с оказией домой.

Севастьянов вяло предложил не расходиться. Мы попрощались и вышли на улицу. Заглянули в магазин. Бутылки оттягивали наши карманы. Я был в летней рубашке и в кедах. Даже паспорт отсутствовал.

Через десять минут подъехала «Волга». За рулем сидел угрюмый человек, которого Шаблинский называл Гришаня.

Гришаня всю дорогу безмолвствовал. Водку пить не стал. Мне даже показалось, что Шаблинский видел его впервые.

Мы быстро проскочили невзрачные северо-западные окраины Ленинграда. Далее следовали однообразные поселки, бедноватая зелень и медленно текущие речки. У переезда Гришаня затормозил, распахнул дверцу и направился в кусты. На ходу он деловито расстегивал ширинку, как человек, пренебрегающий условностями.

— Чего он такой мрачный? — спрашиваю.

Шаблинский ответил:

— Он не мрачный. Он под следствием. Если не ошибаюсь, там фигурирует взятка.

— Он что, кому-то взятку дал?

— Не идеализируй Гришу. Гриша не давал, а брал. Причем в неограниченном количестве. И вот теперь он под следствием. Уже подписку взяли о невыезде.

— Как же он выехал?

— Откуда?

— Из Ленинграда.

— Он дал подписку в Таллине.

— Как же он выехал из Таллина?

— Очень просто. Сел в машину и поехал. Грише уже нечего терять. Его скоро арестуют.

— Когда? — задал я лишний вопрос.

— Не раньше чем мы окажемся в Таллине...

Тут Гришаня вышел из кустов. На ходу он сосредоточенно застегивал брюки. На крепких запястьях его что-то сверкало.

«Наручники?» — подумал я.

Потом разглядел две пары часов с металлическими браслетами.

Мы поехали дальше.

За Нарвой пейзаж изменился. Природа выглядела теперь менее беспорядочно. Дома — более аккуратно и строго.

Шаблинский выпил и задремал. А я все думал — зачем? Куда и зачем я еду? Что меня ожидает? И до чего же глупо складывается жизнь!..

Наконец мы подъехали к Таллину. Миновали безликие кирпичные пригороды. Затем промелькнула какая-то готика. И вот мы на Ратушной площади.

Звякнула бутылка под сиденьем. Машина затормозила. Шаблинский проснулся.

— Вот мы и дома, — сказал он.

Я выбрался из автомобиля. Мостовая отражала расплывчатые неоновые буквы. Плоские фасады сурово выступали из мрака. Пейзаж напоминал иллюстрации к Андерсену.

Шаблинский протянул мне руку:

— Звони.

Я не понял.

Тогда он сказал:

— Нелька волнуется.

Тут я по-настоящему растерялся. Я даже спросил от безнадежности:

— Какая Нелька?

— Да жена, — сказал Шаблинский, — забыл? Ты же первый и отключился на свадьбе...

Шаблинский давно уже работал в партийной газете. Положение функционера не слишком его тяготило. В нем даже сохранилось какое-то обаяние.

Вообще я заметил, что человеческое обаяние истребить довольно трудно. Куда труднее, чем разум, принципы или убеждения. Иногда десятилетия партийной работы оказываются бессильны. Честь, бывает, полностью утрачена, но обаяние сохранилось. Я даже знавал, представьте себе, обаятельного начальника тюрьмы в Мордовии...

Короче, Шаблинский был нормальным человеком. Если и делал подлости, то без ненужного рвения. Я с ним почти дружил. И вот теперь:

— Звони, — повторил он...

В Таллине я бывал и раньше. Но это были служебные командировки. То есть с необходимыми бумагами, деньгами и гостиницей. А главное — с ощущением пошлой, но разумной цели.

А зачем я приехал сейчас? Из редакции меня уволили. Денег в кармане — рублей шестнадцать. Единственный знакомый торопится к жене. Гришаня — и тот накануне ареста.

Тут Шаблинский задумался и говорит:

— Идея. Поезжай к Бушу. Скажи, что ты от меня. Буш тебя охотно приютит.

— Кто такой Буш?

— Буш — это нечто фантастическое. Сам увидишь. Думаю, он тебе понравится. Телефон — четыре, два нуля, одиннадцать.

Мы попрощались. Гришаня сидел в автомобиле. Шаблинский махнул ему рукой и быстро свернул за угол. Так и бросил меня в незнакомом городе. Удивительно, что неделю спустя мы будем работать в одной газете и почти дружить.

Тут медленно опустилось стекло автомобиля и выглянул Гришаня.

— Может, тебе деньги нужны? — спросил он.

Деньги были нужны. Более того — необходимы. И все-таки я ответил:

— Спасибо. Деньги есть.

Впервые я разглядел Гришанино лицо. Он был похож на водолаза. Так же одинок и непроницаем.

Мне захотелось сказать ему что-то приятное. Меня поразило его благородство. Одалживать деньги перед арестом, что может быть изысканнее такого категорического неприятия судьбы?..

— Желаю удачи, — сказал я.

— Чао, — коротко ответил Гришаня.

С работы меня уволили в начале октября. Конкретного повода не было. Меня, как говорится, выгнали «по совокупности». Видимо, я позволял себе много лишнего.

В журналистике каждому разрешается делать что-то одно. В чем-то одном нарушать принципы социалистической морали. То есть одному разрешается пить. Другому — хулиганить. Третьему — рассказывать политические анекдоты. Четвертому — быть евреем. Пятому — беспартийным. Шестому — вести аморальную жизнь. И так далее. Но каждому, повторяю, дозволено что-то одно. Нельзя быть одновременно евреем и пьяницей. Хулиганом и беспартийным...

Я же был пагубно универсален. То есть разрешал себе всего понемногу.

Я выпивал, скандалил, проявлял идеологическую близорукость. Кроме того, не состоял в партии и даже частично был евреем. Наконец, моя семейная жизнь все более запутывалась.

И меня уволили. Вызвали на заседание парткома и сказали:

— Хватит! Не забывайте, что журналистика — передовая линия идеологического фронта. А на фронте главное — дисциплина. Этого-то вам и не хватает. Ясно?

— Более или менее.

— Мы даем вам шанс исправиться. Идите на завод. Проявите себя на тяжелой физической работе. Станьте рабкором. Отражайте в своих корреспонденциях подлинную жизнь...

Тут я не выдержал.

— Да за подлинную жизнь, — говорю, — вы меня без суда расстреляете!

Участники заседания негодующе переглянулись. Я был уволен «по собственному желанию».

После этого я не служил. Редактировал какие-то генеральские мемуары. Халтурил на радио. Написал брошюру «Коммунисты покорили тундру». Но даже и тут совершил грубую политическую ошибку. Речь в брошюре шла о строительстве Мончегорска. События происходили в начале тридцатых годов. Среди ответственных работников было много евреев. Припоминаю каких-то Шимкуса, Фельдмана, Рапопорта... В горкоме ознакомились и сказали:

— Что это за сионистская прокламация? Что это за мифические евреи в тундре? Немедленно уничтожить весь тираж!..

Но гонорар я успел получить. Затем писал внутренние рецензии для журналов. Анонимно сотрудничал на телевидении. Короче, превратился в свободного художника. И наконец занесло меня в Таллин...

Около магазина сувениров я заметил телефонную будку. Припомнил цифры: четыре, два нуля, одиннадцать.

Звоню. Отвечает женский голос:

— Слушаю! — У нее получилось — «свушаю». — Свушаю, мивенький!

Я попросил к телефону Эрика Буша. В ответ прозвучало:

— Его нет. Я прямо вовнуюсь. Он дал мне свово не задерживаться. Так что приходите. Мы свавно побовтаем...

Женщина довольно толково продиктовала мне адрес. Объяснила, как ехать.

Миниатюрный эстонский трамвай раскачивался на поворотах. Через двадцать минут я был в Кадриорге. Легко разыскал полуразрушенный бревенчатый дом.

Дверь мне отворила женщина лет пятидесяти, худая, с бледно-голубыми волосами. Кружева ее лилового пеньюара достигали золотых арабских туфель. Лицо было густо напудрено. На щеках горел химический румянец. Женщина напоминала героиню захолустной оперетты.

— Эрик дома, — сказала она, — проходите.

Мы с трудом разминулись в узкой прихожей. Я зашел в комнату и обмер. Такого чудовищного беспорядка мне еще видеть не приходилось.

Обеденный стол был завален грязной посудой. Клочья зеленоватых обоев свисали до полу. На рваном ковре толстым слоем лежали газеты. Сиамская кошка перелетала из одного угла в другой. У двери выстроились пустые бутылки.

С продавленного дивана встал мужчина лет тридцати. У него было смуглое мужественное лицо американского киногероя. Лацкан добротного заграничного пиджака был украшен гвоздикой. Полуботинки сверкали. На фоне захламленного жилища Эрик Буш выглядел космическим пришельцем.

Мы поздоровались. Я неловко и сбивчиво объяснил ему, в чем дело.

Буш улыбнулся и неожиданно заговорил гладкими певучими стихами:

— Входи, полночный гость! Чулан к твоим услугам. Кофейник на плите. В шкафу голландский сыр. Ты братом станешь мне. Галине станешь другом. Люби ее, как мать. Люби ее, как сын. Пускай кругом бардак...

— Есть свадкие бувочки! — вмешалась Галина.

Буш прервал ее мягким, но величественным жестом:

— Пускай кругом бардак — есть худшие напасти! Пусть дует из окна. Пусть грязен наш сортир... Зато — и это факт — тут нет советской власти. Свобода — мой девиз, мой фетиш, мой кумир!

Я держался так, будто все это нормально. Что мне оставалось делать? Уйти из дома в первом часу ночи? Обратиться в «Скорую помощь»?

Кроме того, человеческое безумие — это еще не самое ужасное. С годами оно для меня все более приближается к норме. А норма становится чем-то противоестественным.

Нормальный человек бросил меня в полном одиночестве. А ненормальный предлагает кофе, дружбу и чулан...

Я напрягся и выговорил:

— Быть вашим гостем чрезвычайно лестно. От всей души спасибо за приют. Тем более что, как давно известно, все остальные на меня плюют...

Затем мы пили кофе, ели булку с джемом. Сиамская кошка прыгнула мне на голову. Галина завела пластинку Оффенбаха.

Разошлись мы около двух часов ночи.

У Буша с Галиной я прожил недели три. С каждым днем они мне все больше нравились. Хотя оба были законченными шизофрениками.

Эрик Буш происходил из весьма респектабельной семьи. Его отец был доктором наук и профессором математики в Риге. Мать заведовала сектором в республиканском Институте тканей. Годам к семи Буш возненавидел обоих. Каким-то чудом он почти с рождения был антисоветчиком и нонконформистом. Своих родителей называл — «выдвиженцы».

Окончив школу, Буш покинул Ригу. Больше года плавал на траулере. Затем какое-то время был пляжным фотографом. Поступил на заочное отделение Ленинградского института культуры. По окончании его стал журналистом.

Казалось бы, человеку с его мировоззрением такая деятельность противопоказана. Ведь Буш не только критиковал существующие порядки. Буш отрицал саму историческую реальность. В частности — победу над фашистской Германией.

Он твердил, что бесплатной медицины не существует. Делился сомнениями относительно нашего приоритета в космосе. После третьей рюмки Буш выкрикивал:

— Гагарин в космос не летал! И Титов не летал!.. А все советские ракеты — это огромные консервные банки, наполненные глиной...

Казалось бы, такому человеку не место в советской журналистике. Тем не менее Буш выбрал именно это занятие. Решительный нонконформизм уживался в нем с абсолютной беспринципностью. Это бывает.

В творческой манере Буша сказывались уроки немецкого экспрессионизма. Одна из его корреспонденций начиналась так:

«Настал звездный час для крупного рогатого скота. Участники съезда ветеринаров приступили к работе. Пахнущие молоком и навозом ораторы сменяют друг друга...»

Сначала Буш работал в провинциальной газете. Но захолустье быстро ему наскучило. Для небольшого северного городка он был чересчур крупной личностью.

Два года назад Буш переехал в Таллин. Поселился у какой-то стареющей женщины.

В Буше имелось то, что роковым образом действует на стареющих женщин. А именно — бедность, красота, саркастический юмор, но главное — полное отсутствие характера.

За два года Буш обольстил четырех стареющих женщин. Галина Аркадьевна была пятой и самой любимой. Остальные сохранили к Бушу чувство признательности и восхищения.

Злые языки называли Буша альфонсом. Это было несправедливо. В любви к стареющим женщинам он руководствовался мотивами альтруистического порядка. Буш милостиво разрешал им обрушивать на себя водопады горьких запоздалых эмоций.

Постепенно о Буше начали складываться легенды. Он беспрерывно попадал в истории.

Однажды Буш поздно ночью шел через Кадриорг. К нему подошли трое. Один из них мрачно выговорил:

— Дай закурить.

Как в этой ситуации поступает нормальный человек? Есть три варианта сравнительно разумного поведения.

Невозмутимо и бесстрашно протянуть хулигану сигареты.

Быстро пройти мимо, а еще лучше — стремительно убежать.

И последнее — нокаутировав того, кто ближе, срочно ретироваться.

Буш избрал самый губительный, самый нестандартный вариант. В ответ на грубое требование Буш изысканно произнес:

— Что значит — дай? Разве мы пили с вами на брудершафт?!

Уж лучше бы он заговорил стихами. Его могли бы принять за опасного сумасшедшего. А так Буша до полусмерти избили. Наверное, хулиганов взбесило таинственное слово — «брудершафт».

Теряя сознание, Буш шептал:

— Ликуйте, смерды! Зрю на ваших лицах грубое торжество плоти!..

Неделю он пролежал в больнице. У него были сломаны ребра и вывихнут палец. На лбу появился романтический шрам...

Буш работал в «Советской Эстонии». Года полтора его держали внештатным корреспондентом. Шли разговоры о том, чтобы дать ему постоянное место. Главный редактор, улыбаясь, поглядывал в его сторону. Сотрудники прилично к нему относились. Особенно — стареющие женщины. Завидев Буша, они шептались и краснели.

Штатная должность означала многое. Особенно — в республиканской газете. Во-первых, стабильные деньги. Кроме того, множество разнообразных социальных льгот. Наконец, известную степень личной безнаказанности. То есть главное, чем одаривает режим свою номенклатуру.

Буш нетерпеливо ожидал зачисления в штат. Он, повторяю, был двойственной личностью. Мятежность легко уживалась в нем с отсутствием принципов. Буш говорил:

— Чтобы низвергнуть режим, я должен превратиться в один из его столпов. И тогда вся постройка скоро зашатается...

Приближалось 7 Ноября. Редактор вызвал Буша и сказал:

— Решено, Эрнст Леопольдович, поручить вам ответственное задание. Берете в секретариате пропуск. Едете в Морской торговый порт. Беседуете с несколькими западными капитанами. Выбираете одного, наиболее лояльного к идеям социализма. Задаете ему какие-то вопросы. Добиваетесь более или менее подходящих ответов. Короче, берете у него интервью. Желательно, чтобы моряк поздравил нас с шестьдесят третьей годовщиной Октябрьской революции. Это не значит, что он должен выкрикивать политические лозунги. Вовсе нет. Достаточно сдержанного уважительного поздравления. Это все, что нам требуется. Ясно?

— Ясно, — ответил Буш.

— Причем нужен именно западный моряк. Швед, англичанин, норвежец, типичный представитель капиталистической системы. И тем не менее лояльный к советской власти.

— Найду, — заверил Буш, — такие люди попадаются. Помню, разговорился я в Хабаровске с одним матросом швейцарского королевского флота. Это был наш человек, все Ленина цитировал.

Редактор вскинул брови, задумался и укоризненно произнес:

— В Швейцарии, товарищ Буш, нет моря, нет короля, а следовательно, нет и швейцарского королевского флота. Вы что-то путаете.

— Как это нет моря? — удивился Буш. — А что же там есть, по-вашему?

— Суша, — ответил редактор.

— Вот как, — не сдавался Буш. — Интересно. Очень интересно... Может, и озер там нет? Знаменитых швейцарских озер?!

— Озера есть, — печально согласился редактор, — а швейцарского королевского флота — нет... Можете действовать, — закончил он, — но будьте, пожалуйста, серьезнее. Мы, как известно, думаем о предоставлении вам штатной работы. Это задание — во многом решающее. Желаю удачи...

Таллинский порт расположен в двадцати минутах езды от центра города.

Буш отправился на задание в такси. Зашел в редакцию портовой многотиражки. Там как раз отмечали сорокалетие фотографа Левы Баранова. Бушу протянули стакан ликера. Буш охотно выпил и сказал:

— Мне нельзя. Я на задании.

Он выпил еще немного и стал звонить диспетчеру. Диспетчер рекомендовал Бушу западногерманское торговое судно «Эдельвейс».

Буш выпил еще один стакан и направился к четвертому пирсу.

Капитан встретил Буша на трапе. Это был типичный морской волк, худой, краснолицый, с орлиным профилем. Звали его Пауль Руди.

Диспетчер предупредил капитана о визите советского журналиста. Тот пригласил Буша в каюту.

Они разговорились. Капитан довольно сносно объяснялся по-русски. Коньяк предпочитал — французский.

— Это «Кордон-бло», — говорил он, — рекомендую. Двести марок бутылка.

Сознавая, что пьянеет, Буш успел задать вопрос:

— Когда ты отчаливаешь?

— Завтра в одиннадцать тридцать.

Теперь о деле можно было и не заговаривать. Накануне отплытия капитан мог произнести все, что угодно. Кто будет это проверять?

Беседа велась откровенно и просто.

— Ты любишь женщин? — спрашивал капитан.

— Люблю, — говорил Буш, — а ты?

— Еще бы! Только моя Луиза об этом не догадывается. Я люблю женщин, выпивку и деньги. Ты любишь деньги?

— Я забыл, как они выглядят. Это такие разноцветные бумажки?

— Или металлические кружочки.

— Я люблю их больше, чем футбол! И даже больше, чем женщин. Но я люблю их чисто платонически...

Буш пил, и капитан не отставал. В каюте плавал дым американских сигарет. Из невидимой радиоточки долетала гавайская музыка. Разговор становился все более откровенным.

— Если бы ты знал, — говорил журналист, — как мне все опротивело! Надо бежать из этой проклятой страны!

— Я понимаю, — соглашался капитан.

— Ты не можешь этого понять! Для тебя, Пауль, свобода — как воздух! Ты его не замечаешь. Ты им просто дышишь. Понять меня способна только рыба, выброшенная на берег.

— Я понимаю, — говорил капитан, — есть выход. Ты же немец. Ты можешь эмигрировать в свободную Германию.

— Теоретически это возможно. Практически — исключено. Да, мой папаша — обрусевший курляндский немец. Мать — из Польши. Оба в партии с тридцать шестого года. Оба — выдвиженцы, слуги режима. Они не подпишут соответствующих бумаг.

— Я понимаю, — твердил капитан, — есть другой выход. Иди в торговый флот, стань матросом. Добейся получения визы. И, оказавшись в западном порту, беги. Проси убежища.

— И это фикция. Я ведь на плохом счету. Мне не откроют визы. Я уже добивался, пробовал... Увы, я обречен на медленную смерть.

— Понимаю... Можно спрятать тебя на «Эдельвейсе». Но это рискованно. Если что, тебя будут судить как предателя...

Капитан рассуждал очень здраво. Слишком здраво. Вообще для иностранца он был на редкость компетентен. У трезвого человека это могло бы вызвать подозрения. Но Буш к этому времени совершенно опьянел. Буш ораторствовал:

— Свободен не тот, кто борется против режима. И не тот, кто побеждает страх. А тот, кто его не ведает. Свобода, Пауль, — функция организма! Тебе этого не понять! Ведь ты родился свободным, как птица!

— Я понимаю, — отвечал капитан...

Около двенадцати ночи Буш спустился по трапу. Он то и дело замедлял шаги, вскидывая кулак — «рот фронт!». Затем растопыривал пальцы, что означало — «виктори!». Победа!..

Капитан с пониманием глядел ему вслед...

На следующий день Буш появился в редакции. Он был возбужден, но трезв. Его сигареты распространяли благоухание. Авторучка «Паркер» выглядывала из бокового кармана.

Буш отдал статью машинисткам. Называлась она длинно и красиво: «Я вернусь, чтобы снова отведать ржаного хлеба!»

Статья начиналась так:

«Капитана Пауля Руди я застал в машинном отделении. Торговое судно „Эдельвейс" готовится к отплытию. Изношенные механизмы требуют дополнительной проверки.

— Босса интересует только прибыль, — жалуется капитан. — Двадцать раз я советовал ему заменить цилиндры. Того и гляди лопнут прямо в открытом море. Сам-то босс путешествует на яхте. А мы тут загораем, как черти в преисподней...»

Конец был такой:

«Капитан вытер мозолистые руки паклей. Борода его лоснилась от мазута. Глиняная трубка оттягивала квадратную челюсть. Он подмигнул мне и сказал:

— Запомни, парень! Свобода — как воздух. Ты дышишь свободой и не замечаешь ее... Советским людям этого не понять. Ведь они родились свободными, как птицы. А меня поймет только рыба, выброшенная на берег... И потому — я вернусь! Я вернусь, чтобы снова отведать ржаного хлеба! Душистого хлеба свободы, равенства и братства!..»

— Неплохо, — сказал редактор, — живо, убедительно. Единственное, что меня смущает... Он действительно говорил нечто подобное?

Буш удивился:

— А что еще он мог сказать?

— Впрочем, да, конечно, — отступил редактор...

Статья была опубликована. На следующий день Буша вызвали к редактору. В кабинете сидел незнакомый мужчина лет пятидесяти. Его лицо выражало полное равнодушие и одновременно крайнюю сосредоточенность.

Редактор как бы отодвинулся в тень. Мужчина же при всей его невыразительности распространился широко и основательно. Он заполнил собой все пространство номенклатурного кабинета. Даже гипсовый бюст Ленина на обтянутом кумачом постаменте уменьшился в размерах.

Мужчина поглядел на Буша и еле слышно выговорил:

— Рассказывайте.

Буш раздраженно переспросил:

— О чем? Кому? Вообще, простите, с кем имею честь?

Ответ был короткий, словно вычерченный пунктиром:

— О встрече... Мне... Сорокин... Полковник Сорокин...

Назвав свой чин, полковник замолчал, как будто вконец обессилев.

Что-то заставило Буша повиноваться. Буш начал пересказывать статью о капитане Руди.

Полковник слушал невнимательно. Вернее, он почти дремал. Он напоминал профессора, задавшего вопрос ленивому студенту. Вопрос, ответ на который ему заранее известен.

Буш говорил, придерживаясь фактов, изложенных в статье. Закончил речь патетически:

— Где ты, Пауль? Куда несет тебя ветер дальних странствий? Где ты сейчас, мой иностранный друг?!.

— В тюрьме, — неожиданно ответил полковник.

Он хлопнул газетой по столу, как будто убивая муху, и четко выговорил:

— Пауль Руди находится в тюрьме. Мы арестовали его как изменника родины. Настоящая его фамилия — Рютти. Он — беглый эстонец. В семидесятом году рванул на байдарке через Швецию. Обосновался в Гамбурге. Женился на Луизе Рейшвиц. Четвертый год плавает на судах западногерманского торгового флота. Наконец совершил первый рейс в Эстонию. Мы его давно поджидали...

Полковник повернулся к редактору:

— Оставьте нас вдвоем.

Редактору было неловко, что его выгоняют из собственного кабинета. Он пробормотал:

— Да, я как раз собирался посмотреть иллюстрации.

И вышел.

Полковник обратился к Бушу:

— Что вы на это скажете?

— Я поражен. У меня нет слов!

— Как говорится, неувязка получилась.

Но Буш держался прежней версии:

— Я описал все, как было. О прошлом капитана Руди не догадывался. Воспринял его как прогрессивно мыслящего иностранца.

— Хорошо, — сказал полковник, — допустим. И все-таки случай для вас неприятный. Крайне неприятный. Пятно на вашей журналистской репутации. Я бы даже сказал — идеологический просчет. Потеря бдительности. Надо что-то делать...

— Что именно?

— Есть одна идея. Хотите нам помочь? А мы, соответственно, будем рекомендовать вас на штатную должность.

— В КГБ? — спросил Буш.

— Почему в КГБ? В газету «Советская Эстония». Вы же давно мечтаете о штатной работе. В наших силах ускорить это решение. Сроки зависят от вас.

Буш насторожился. Полковник Сорокин продолжал:

— Вы могли бы дать интересующие нас показания.

— То есть?

— Насчет капитана Руди... Дайте показания, что он хотел вас это самое... Употребить... Ну, в смысле полового извращения...

— Что?! — приподнялся Буш.

— Спокойно!

— Да за кого вы меня принимаете?! Вот уж не думал, что КГБ использует подобные методы!

Глаза полковника сверкнули бритвенными лезвиями. Он побагровел и выпрямился:

— Пожалуйста, без громких слов. Я вам советую подумать. На карту поставлено ваше будущее.

Но тут и Буш расправил плечи. Он медленно вынул пачку американских сигарет. Прикурил от зажигалки «Ронсон». Затем спокойно произнес:

— Ваше предложение аморально. Оно идет вразрез с моими нравственными принципами. Этого мне только не хватало — понравиться гомосексуалисту! Короче, я отказываюсь. Половые извращения — не для меня!.. Хотите, я напишу, что он меня спаивал?.. А впрочем, и это не совсем благородно...

— Ну что ж, — сказал полковник, — мне все ясно. Боюсь, что вы на этом проиграете.

— Да неужели у КГБ можно выиграть?! — расхохотался Буш.

На этом беседа закончилась. Полковник уехал. Уже в дверях он произнес совершенно неожиданную фразу:

— Вы лучше, чем я думал.

— Полковник, не теряйте стиля! — ответил Буш...

Его лишили внештатной работы. Может быть, Сорокин этого добился. А скорее всего, редактор проявил усердие. Буш вновь перешел на иждивение к стареющим женщинам. Хотя и раньше все шло примерно таким же образом.

Как раз в эти дни Буш познакомился с Галиной. До этого его любила Марианна Викентьевна, крупный торговый работник. Она покупала Бушу сорочки и галстуки. Платила за него в ресторанах. Кормила его вкусной и здоровой пищей. Но карманных денег Бушу не полагалось. Иначе Буш сразу принимался ухаживать за другими женщинами.

Получив очередной редакционный гонорар, Буш исчезал. Домой являлся поздно ночью, благоухая луком и косметикой. Однажды Марианна не выдержала и закричала:

— Где ты бродишь, подлец?! Почему возвращаешься среди ночи?!

Буш виновато ответил:

— Я бы вернулся утром — просто не хватило денег...

Наконец Марианна взбунтовалась. Уехала на курорт с пожилым работником главка. Рядом с ним она казалась моложавой и легкомысленной. Оставить Буша в пустой квартире Марианна, естественно, не захотела.

И тут возникла Галина Аркадьевна. Практически из ничего. Может быть, под воздействием закона сохранения материи.

Дело в том, что она не имела гражданского статуса. Галина была вдовой знаменитого эстонского революционера, чуть ли не самого Кингисеппа. И ей за это дали что-то вроде пенсии.

Буш познакомился с ней в романтической обстановке. А именно — на берегу пруда.

В самом центре Кадриорга есть небольшой затененный пруд. Его огибают широкие липовые аллеи. Ручные белки прыгают в траве.

У берега плавают черные лебеди. Как они сюда попали — неизвестно. Зато всем известно, что эстонцы любят животных. Кто-то построил для лебедей маленькую фанерную будку. Посетители Кадриорга бросают им хлеб...

Майским вечером Буш сидел на траве у пруда. Сигареты у него кончились. Денег не было вторые сутки. Минувшую ночь он провел в заброшенном киоске «Союзпечати». Благо на полу там лежали старые газеты.

Буш жевал сухую горькую травинку. Мысли в его голове проносились отрывистые и неспокойные, как телеграммы:

«...Еда... Сигареты... Жилье... Марианна на курорте... Нет работы... К родителям обращаться стыдно, а главное — бессмысленно...»

Когда и где он ел в последний раз? Припомнились два куска хлеба в закусочной самообслуживания. Затем — кислые яблоки над оградой чужого сада. Найденная у дороги ванильная сушка. Зеленый помидор, обнаруженный в киоске «Союзпечати»...

Лебеди скользили по воде, как два огромных черных букета. Пища доставалась им без видимых усилий. Каждую секунду резко опускались вниз точеные маленькие головы на изогнутых шеях...

Буш думал о еде. Мысли его становились все короче:

«...Лебедь... Птица... Дичь...»

И тут зов предков отозвался в Буше легкой нервической дрожью. В глазах его загорелись отблески первобытных костров. Он замер, как сеттер на болоте, вырвавшийся из городского плена...

К десяти часам окончательно стемнеет. Изловить самоуверенную птицу будет делом минуты. Ощипанный лебедь может вполне сойти за гуся. А с целым гусем Буш не пропадет. В любой компании будет желанным гостем...

Буш преобразился. В глубине его души звучал охотничий рожок. Он чувствовал, как тверд его небритый подбородок. Доисторическая сила пробудилась в Буше...

И тут произошло чудо. На берегу появилась стареющая женщина. То есть дичь, которую Буш чуял на огромном расстоянии.

Вовек не узнают черные лебеди, кто спас им жизнь!

Женщина была стройна и прекрасна. Над головой ее кружились бабочки. Голубое воздушное платье касалось травы. В руках она держала книгу. Прижимала ее к груди наподобие молитвенника.

Дальнозоркий Буш легко прочитал заглавие — «Ахматова. Стихи».

Он выплюнул травинку и сильным глуховатым баритоном произнес:

> Они летят, они еще в дороге,
> Слова освобожденья и любви,
> А я уже в божественной тревоге,
> И холоднее льда уста мои...

Женщина замедлила шаги. Прижала ладони к вискам. Книга, шелестя страницами, упала на траву.

Буш продолжал:

> А дальше — свет невыносимо щедрый,
> Как сладкое, горячее вино...
> Уже душистым, раскаленным ветром
> Сознание мое опалено...

Женщина молчала. Ее лицо выражало смятение и ужас. (Если ужас может быть пылким и радостным чувством.)

Затем, опустив глаза, женщина тихо проговорила:

> Но скоро там, где жидкие березы,
> Прильнувши к окнам, сухо шелестят, —
> Венцом червонным заплетутся розы,
> И голоса незримо прозвучат...

(У нее получилось — «говоса».)

Буш поднялся с земли.

— Вы любите Ахматову?

— Я знаю все ее стихи наизусть, — ответила женщина.

— Какое совпадение! Я тоже... А цветы? Вы любите цветы?

— Это моя свабость!.. А птицы? Что вы скажете о птицах?

Буш кинул взгляд на черных лебедей, помедлил и сказал:

> Ах, чайка ли за облаком кружится,
> Малиновки ли носятся вокруг...
> О незнакомка! Я хочу быть птицей,
> Чтобы клевать зерно из ваших рук...

— Вы поэт? — спросила женщина.

— Пишу кое-что между строк, — застенчиво ответил Буш...

День остывал. Тени лип становились длиннее. Вода утрачивала блеск. В кустах бродили сумерки.

— Хотите кофе? — предложила женщина. — Мой дом совсем близко.

— Извините, — поинтересовался Буш, — а колбасы у вас нет?

В ответ прозвучало:

— У меня есть все, что нужно одинокому сердцу...

Три недели я прожил у Буша с Галиной. Это были странные, наполненные безумием дни.

Утро начиналось с тихого, взволнованного пения. Галина мальчишеским тенором выводила:

> Эх, истомилась, устала я,
> Ночью и днем... Только о нем...

Ее возлюбленный откликался низким, простуженным баритоном:

> Эх, утону ль я в Северной Двине,
> А может, сгину как-нибудь иначе...
> Страна не зарыдает обо мне,
> Но обо мне товарищи заплачут...

Случалось, они по утрам танцевали на кухне. При этом каждый напевал что-то свое.

За чаем Галина объявляла:

— Называйте меня сегодня — Верочкой. А с завтрашнего дня — Жар-Птицей...

Днем она часто звонила по телефону. Цифры набирала произвольно. Дождавшись ответа, ласково произносила:

— Сегодня вас ожидает приятная неожиданность.
Или:

— Бойтесь дамы с вишенкой на шляпе...

Кроме того, Галина часами дрессировала прозрачного стремительного меченосца. Шептала ему, склонившись над аквариумом:

— Не капризничай, Джим. Помаши маме ручкой...

И наконец, Галина прорицала будущее. Мне, например, объявила, разглядывая какие-то цветные бусинки:

— Ты кончишь свои дни где-нибудь в Бразилии.

(Тогда — в семьдесят пятом году — я засмеялся. Но сейчас почти уверен, что так оно и будет.)

Буш целыми днями разгуливал в зеленом халате, который Галина сшила ему из оконной портьеры. Он готовил речь, которую произнесет, став Нобелевским лауреатом. Речь начиналась такими словами:

«Леди и джентльмены! Благодарю за честь. Как говорится — лучше поздно, чем никогда...»

Так мы и жили. Мои шестнадцать рублей быстро кончились. Галининой пенсии хватило дней на восемь. Надо было искать какую-то работу.

И вдруг на глаза мне попалось объявление — «Срочно требуются кочегары».

Я сказал об этом Бушу. Я не сомневался, что Буш откажется. Но он вдруг согласился и даже просиял.

— Гениально, — сказал он, — это то, что надо! Давно пора окунуться в гущу народной жизни. Прильнуть, что называется, к истокам. Ближе к природе, старик! Ближе к простым человеческим радостям! Ближе к естественным цельным натурам! Долой метафизику и всяческую трансцендентность! Да здравствуют молот и наковальня!..

Галина тихо возражала:

— Эринька, ты свабый!

Буш сердито посмотрел на женщину, и она затихла...

Котельная являла собой мрачноватое низкое здание у подножия грандиозной трубы. Около двери возвышалась куча угля. Здесь же валялись лопаты и две опрокинутые тачки.

В помещении мерно гудели три секционных котла. Возле одного из них стоял коренастый юноша. В руке у него была тяжелая сварная шуровка. Над колосниками бился розовый огонь. Юноша морщился и отворачивал лицо.

— Привет, — сказал ему Буш.

— Здорово, — ответил кочегар, — вы новенькие?

— Мы по объявлению.

— Рад познакомиться. Меня зовут Олег.

Мы назвали свои имена.

— Зайдите в диспетчерскую, — сказал Олег, — представьтесь Цурикову.

В маленькой будке с железной дверью шум котлов звучал приглушенно. На выщербленном столе лежали графики и ведомости. Над столом висел дешевый репродуктор. На узком топчане, прикрыв лицо газетой, дремал мужчина в солдатском обмундировании. Газета едва заметно шевелилась. За столом работал человек в жокейской шапочке. Увидев нас, приподнял голову:

— Вы новенькие?

Затем он встал и протянул руку:

— Цуриков, старший диспетчер. Присаживайтесь.

Я заметил, что бывший солдат проснулся. С шуршанием убрал газету.

— Худ, — коротко представился он.

— Люди нужны, — сказал диспетчер. — Работа несложная. А теперь идемте со мной.

Мы спустились по шаткой лесенке. Худ двигался следом. Олег помахал нам рукой как старым знакомым.

Мы остановились возле левого котла, причем так близко, что я ощутил сильный жар.

— Устройство, — сказал Цуриков, — на редкость примитивное. Топка, колосники, поддувало... Температура на выходе должна быть градусов семьдесят. Обратная — сорок пять. В начале смены заготавливаете уголь. Полную тачку загружать не советую — опрокинется... Уходя, надо прочистить колосники, выбрать шлак... Пожалуй, это все... График простой — сутки работаем, трое отдыхаем. Оплата сдельная. Можно легко заработать сотни полторы...

Цуриков подвел нас к ребятам и сказал:

— Надеюсь, вы поладите. Хотя публика у нас тут довольно своеобразная. Олежка, например, буддист. Последователь школы «дзен». Ищет успокоения в монастыре собственного духа... Худ — живописец, левое крыло мирового авангарда. Работает в традициях метафизического синтетизма. Рисует преимущественно тару — ящики, банки, чехлы...

— Цикл называется «Мертвые истины», — шепотом пояснил Худ, багровый от смущения.

Цуриков продолжал:

— Ну а я — человек простой. Занимаюсь в свободные дни теорией музыки. Кстати, что вы думаете о политональных наложениях у Бриттена?

До этого Буш молчал. Но тут его лицо внезапно исказилось. Он коротко и твердо произнес:

— Идем отсюда!

Цуриков и его коллеги растерянно глядели нам вслед. Мы вышли на улицу. Буш разразился гневным монологом:

— Это не котельная! Это, извини меня, какая-то Сорбонна!.. Я мечтал погрузиться в гущу народной жизни. Окрепнуть морально и физически. Припасть к живительным истокам... А тут?! Какие-то дзенбуддисты с метафизиками! Какие-то блядские политональные наложения! Короче, поехали домой!..

Что мне оставалось делать?

Галина встретила нас радостными криками.

— Я так плакава, — сказала она, — так плакава. Мне быво вас так жавко...

Прошло еще дня три. Галина продала несколько книг в букинистический магазин. Я обошел все таллинские редакции. Договорился о внештатной работе. Взял интервью у какого-то слесаря. Написал репортаж с промышленной выставки. Попросил у Шаблинского двадцать рублей в счет будущих гонораров. Голодная смерть отодвинулась.

Более того, я даже преуспел. Если в Ленинграде меня считали рядовым журналистом, то здесь я был почти корифеем. Мне поручали все более ответственные задания. Я писал о книжных и театральных новинках, вел еженедельную рубрику «Другое мнение», сочинял фельетоны. А фельетоны, как известно, самый дефицитный жанр в газете. Короче, я довольно быстро пошел в гору.

Меня стали приглашать на редакционные летучки. Еще через месяц — на учрежденческие вечеринки. О моих публикациях заговорили в эстонском ЦК.

К этому времени я уже давно покинул Буша с Галиной. Редакция дала мне комнату на улице Томпа — льгота для внештатного сотрудника беспрецедентная. Это значило, что мне намерены предоставить вскоре штатную работу. И действительно, через месяц после этого я был зачислен в штат.

Редактор говорил мне:

— У вас потрясающее чувство юмора. Многие ваши афоризмы я помню наизусть. Например, вот это: «Когда храбрый молчит, трусливый помалкивает...» Некоторые ваши фельетоны я пересказываю своей домработнице. Между прочим, она закончила немецкую гимназию.

— А, — говорил я, — теперь мне все понятно. Теперь я знаю, откуда у вас столь безукоризненные манеры.

Редактор не обижался. Он был либерально мыслящим интеллигентом. Вообще обстановка была тогда сравнительно либеральной. В Прибалтике — особенно.

Кроме того, дерзил я продуманно и ловко. Один мой знакомый называл этот стиль — «почтительной фамильярностью».

Зарабатывал я теперь не меньше двухсот пятидесяти рублей. Даже умудрялся платить какие-то алименты.

И друзья у меня появились соответствующие. Это были молодые писатели, художники, ученые, врачи. Полноценные, хорошо зарабатывающие люди. Мы ходили по театрам и ресторанам, ездили на острова. Короче, вели нормальный для творческой интеллигенции образ жизни.

Все эти месяцы я помнил о Буше. Ведь Таллин — город маленький, интимный. Обязательно повстречаешь знакомого хоть раз в неделю.

Буш не завидовал моим успехам. Наоборот, он радостно повторял: «Действуй, старик! Наши люди должны занимать ключевые посты в государстве!»

Я одалживал Бушу деньги. Раз двадцать платил за него в Мюнди-баре. То есть вел себя как полагается. А что я мог сделать еще? Не уступать же было ему свою должность?

Честное слово, я не избегал Буша. Просто мы относились теперь к различным социальным группам.

Мало того, я настоял, чтобы Буша снова использовали как внештатного автора. Откровенно говоря, для этого я был вынужден преодолеть значительное сопротивление. История с капитаном Руди все еще не забылась.

Разумеется, Бушу теперь не доверяли материалов с политическим оттенком. Он писал бытовые, спортивные, культурные информации. Каждое его выступление я старался похвалить на летучке. Буш стал чаще появляться в редакционных коридорах.

К этому времени он несколько потускнел. Брюки его слегка лоснились на коленях. Пиджак явно требовал чистки. Однако стареющие женщины (а их в любой редакции хватает) продолжали, завидев Буша, мучительно краснеть. Значит, его преимущества таились внутри, а не снаружи.

В редакции Буш держался корректно и скромно. С начальством безмолвно раскланивался. С рядовыми журналистами обменивался новостями. Женщинам говорил комплименты.

Помню, в редакции отмечалось шестидесятилетие заведующей машинописным бюро — Лорейды Филипповны Кожич. Буш посвятил ей милое короткое стихотворение:

> Вздыхаю я, завидевши Лорейду...
> Ах, что бы это значило по Фрейду?!

После этого Лорейда Филипповна неделю ходила сияющая и бледная одновременно...

Есть у номенклатурных работников одно привлекательное свойство. Они не злопамятны хотя бы потому, что ленивы. Им не хватает сил для мстительного рвения. Для подлинного зла им не хватает чистого энтузиазма. За многие годы благополучия их чувства притупляются до снисходительности. Их мысли так безжизненны, что это временами напоминает доброту.

Редактор «Советской Эстонии» был человеком добродушным. Разумеется, до той минуты, пока не становился жестоким и злым. Пока его не вынуждали к этому соответствующие инструкции. Известно, что порядочный человек тот, кто делает гадости без удовольствия...

Короче, Бушу разрешили печататься. Первое время его заметки редактировались с особой тщательностью. Затем стало ясно, что Буш изменился, повзрослел. Его корреспонденции становились все более объемистыми и значительными по тематике. Три или четыре очерка Буша вызвали небольшую сенсацию. На фоне местных журналистских кадров он заметно выделялся.

В декабре редактор снова заговорил о предоставлении Бушу штатного места. Кроме того, за Буша ратовали все стареющие женщины из месткома. Да и мы с Шаблинским активно его поддерживали. На одной летучке я сказал: «Необходимо полнее использовать Буша. Иначе мы толкнем его на скользкий диссидентский путь...»

Трудоустройство Буша приобрело характер идеологического мероприятия. Главный редактор, улыбаясь, поглядывал в его сторону. Судьба его могла решиться в обозримом будущем.

Подошел Новый год. Намечалась традиционная конторская вечеринка. Как это бывает в подобных случаях, заметно активизировались лодыри. Два алкоголика-метранпажа побежали за водкой. Толстые девицы из отдела писем готовили бутерброды. Выездные корреспонденты Рушкис и Богданов накрывали столы.

Работу в этот день закончили пораньше. Внештатных авторов просили не расходиться. Редактор вызвал Буша и сказал:

— Надеюсь, мы увидимся сегодня вечером. Я хочу сообщить вам приятную новость.

Сотрудники бродили по коридорам. Самые нетерпеливые заперлись в отделе быта. Оттуда доносился звон стаканов.

Некоторые ушли домой переодеться. К шести часам вернулись. Буш щеголял в заграничном костюме табачного цвета. Его лакированные туфли сверкали. Сорочка издавала канцелярский шелест.

— Ты прекрасно выглядишь, — сказал я ему.

Буш смущенно улыбнулся:

— Вчера Галина зубы продала. Отнесла ювелиру две платиновые коронки. И купила мне всю эту сбрую. Ну как я могу ее после этого бросить!..

Мы расположились в просторной комнате секретариата. Шли заключительные приготовления. Все громко беседовали, курили, смеялись.

Вообще редакционные пьянки — это торжество демократии. Здесь можно подшутить над главным редактором. Решить вопрос о том, кто самый гениальный журналист эпохи. Выразить кому-то свои претензии. Произнести неумеренные комплименты. Здесь можно услышать, например, такие речи:

— Старик, послушай, ты — гигант! Ты — Паганини фоторепортажа!

— А ты, — доносится ответ, — Шекспир экономической передовицы!..

168

Здесь же разрешаются текущие амурные конфликты. Плетутся интриги. Тайно выдвигаются кандидаты на Доску почета.

Иначе говоря, каждодневный редакционный бардак здесь становится нормой. Окончательно воцаряется типичная для редакции атмосфера с ее напряженным, лихорадочным бесплодием...

Буш держался на удивление чопорно и строго. Сел в кресло у окна. Взял с полки книгу. Погрузился в чтение. Книга называлась «Трудные случаи орфографии и пунктуации».

Наконец всех пригласили к столу. Редактор дождался полной тишины и сказал:

— Друзья мои! Вот и прошел еще один год, наполненный трудом. Нам есть что вспомнить. Были у нас печали и радости. Были достижения и неудачи. Но в целом, хочу сказать, газета добилась значительных успехов. Все больше мы публикуем серьезных, ярких и глубоких материалов. Все реже совершаем мы просчеты и ошибки. Убежден, что в наступающем году мы будем работать еще дружнее и сплоченнее... Сегодня мне звонили из Центрального Комитета. Иван Густавович Кэбин шлет вам свои поздравления. Разрешите мне от души к ним присоединиться. С Новым годом, друзья мои!..

После этого было множество тостов. Пили за главного редактора и ответственного секретаря. За скромных тружеников — корректоров и машинисток. За внештатных корреспондентов и активных рабкоров. Кто-то говорил о политической бдительности. Кто-то предлагал создать футбольную команду. Редакционный стукач Игорь Гаспль призывал к чувству локтя. Мишка Шаблинский предложил тост за наших очаровательных женщин...

Комната наполнилась дымом. Все разбрелись с фужерами по углам. Закуски быстро таяли.

Торшина из отдела быта уговаривала всех спеть хором. Фима Быковер раздавал долги. Завхоз Мелешко сокрушался:

— Видимо, я так и не узнаю, кто стянул общественный рефлектор!..

Вскоре появилась уборщица Хильда. Надо было освобождать помещение.

— Еще минут десять, — сказал редактор и лично протянул Хильде бокал шампанского.

Затем на пороге возникла жена главного редактора — Зоя Семеновна. В руках она несла громадный мельхиоровый поднос. На подносе тонко дребезжали чашечки с кофе.

До этого Буш сидел неподвижно. Фужер он поставил на крышку радиолы. На коленях его лежал раскрытый справочник.

Потом Буш встал. Широко улыбаясь, приблизился к Зое Семеновне. Внезапно произвел какое-то стремительное футбольное движение. Затем — могучим ударом лакированного ботинка вышиб поднос из рук ошеломленной женщины.

Помещение наполнилось звоном. Ошпаренные сотрудники издавали пронзительные вопли. Люба Торшина, вскрикнув, потеряла сознание...

Четверо внештатников схватили Буша за руку. Буш не сопротивлялся. На лице его застыла счастливая улыбка.

Кто-то уже звонил в милицию. Кто-то — в «Скорую помощь»...

Через три дня Буша обследовала психиатрическая комиссия. Признала его совершенно вменяемым. В результате его судили за хулиганство. Буш получил два года — условно.

Хорошо еще, что редактор не добивался более сурового наказания. То есть Буш легко отделался. Но о журналистике ему теперь смешно было и думать...

Тут я на месяц потерял Буша из виду. Ездил в Ленинград устраивать семейные дела. Вернувшись, позвонил ему — телефон не работал.

Я не забыл о Буше. Я надеялся увидеть его в центре города. Так и случилось.

Буш стоял около витрины фотоателье, разглядывая каких-то улыбающихся монстров. В руке он держал половинку французской булки. Все говорило о его совершенной праздности.

Я предложил зайти в бар «Кунгла». Это было рядом. Буш сказал:

— Я там должен.

— Много?

— Рублей шесть.

— Вот и хорошо, — говорю, — заодно рассчитаемся.

Мы разделись, поднялись на второй этаж, сели у окна.

Я хотел узнать, что произошло. Ради чего совершил Буш такой дикий поступок? Что это было — нервная вспышка? Помрачение рассудка?

Буш сам заговорил на эту тему:

— Пойми, старик! В редакции — одни шакалы...

Затем он поправился:

— Кроме тебя, Шаблинского и четырех несчастных старух... Короче, там преобладают свиньи. И происходит эта дурацкая вечеринка. И начинаются все эти похабные разговоры. А я сижу и жду, когда толстожопый редактор меня облагодетельствует. И возникает эта кривоногая Зойка с подносом. И всем хочется только одного — лягнуть ногой этот блядский поднос. И тут я понял — наступила ответственная минута. Сейчас решится — кто я. Рыцарь, как считает Галка, или дерьмо, как утверждают все остальные? Тогда я встал и пошел...

Мы просидели в баре около часа. Мне нужно было идти в редакцию. Брать интервью у какого-то прогрессивного француза.

Я спросил:

— Как Галина?

— Ничего, — сказал Буш, — перенесла операцию... У нее что-то женское...

Мы спустились в холл. Инвалид-гардеробщик за деревянным барьером пил чай из термоса. Буш протянул ему алюминиевый номерок.

Гардеробщик внезапно рассердился:

— Это типичное хамство — совать номерок цифрой вниз!..

Буш выслушал его и сказал:

— У каждого свои проблемы...

После того дня мы виделись редко. Я был очень занят в редакции. Да еще готовил к печати сборник рассказов.

Как-то встретил Буша на ипподроме. У него был вид опустившегося человека. Пришлось одолжить ему немного денег. Буш поблагодарил и сразу же устремился за выпивкой. Я не стал ждать и ушел.

Потом мы раза два сталкивались на улице и в трамвае. Буш опустился до последней степени. Говорить нам было не о чем.

Летом меня послали на болгарский кинофестиваль. Это была моя первая заграничная командировка. То есть знак политического доверия ко мне и явное свидетельство моей лояльности.

Возвратившись, я услышал поразительную историю.

В Таллине праздновали 7 Ноября. Колонны демонстрантов тянулись в центр города. Трибуны для правительства были воздвигнуты у здания Центрального Комитета. Звучала музыка. Над площадью летали воздушные шары. Диктор выкрикивал бесчисленные здравицы и поздравления.

Люди несли транспаранты и портреты вождей. Милиционеры следили за порядком. Настроение у всех было приподнятое. Что ни говори, а все-таки праздник.

Среди демонстрантов находился Буш. Мало того, он нес кусок фанеры с деревянной ручкой. Это напоминало лопату для уборки снега. На фанере зеленой гуашью было размашисто выведено:

«Дадим суровый отпор врагам мирового империализма!»

С этим плакатом Буш шел от Кадриорга до фабрики роялей. И только тут наконец милиционеры спохватились. Кто это — «враги мирового империализма»? Кому это — «суровый отпор»?..

Буш не сопротивлялся. Его сунули в закрытую черную машину и доставили на улицу Пагари. Через три минуты Буша допрашивал сам генерал Порк.

Буш отвечал на вопросы спокойно и коротко. Вины своей категорически не признавал. Говорил, что все случившееся — недоразумение, ошибка, допущенная по рассеянности.

Генерал разговаривал с Бушем часа полтора. Временами был корректен, затем неожиданно повышал голос. То называл Буша Эрнстом Леопольдовичем, то кричал ему: «Расстреляю, собака!»

В конце концов Бушу надоело оправдываться. Он попросил карандаш и бумагу. Генерал, облегченно вздохнув, протянул ему авторучку:

— Чистосердечное признание может смягчить вашу участь...

Минуту Буш глядел в окно. Потом улыбнулся и красивым, стелющимся почерком вывел:

«Заявление».

И дальше:

«1. Выражаю чувство глубокой озабоченности судьбами христиан-баптистов Прибалтики и Закавказья!

2. Призываю американскую интеллигенцию чутко реагировать на злоупотребления Кремля в области гражданских свобод!

3. Требую права беспрепятственной эмиграции на мою историческую родину — в Федеративную Республику Германии!

Подпись — Эрнст Буш, узник совести».

Генерал прочитал заявление и опустил его в мусорную корзину. Он решил применить старый, испытанный метод. Просто взял и ушел без единого слова.

Эта мера, как правило, действовала безотказно. Оставшись в пустом кабинете, допрашиваемые страшно нервничали. Неизвестность пугала их больше, чем любые угрозы. Люди начинали анализировать свое поведение. Лихорадочно придумывать спасительные ходы. Путаться в нагромождении бессмысленных уловок. Мучительное ожидание превращало их в дрожащих тварей. Этого-то генерал и добивался.

Он возвратился минут через сорок. То, что он увидел, поразило его. Буш мирно спал, уронив голову на кипу протоколов.

Впоследствии генерал рассказывал:

— Чего только не бывало в моем кабинете! Люди перерезали себе вены. Сжигали в пепельнице записные книжки. Пытались выброситься из окна. Но чтобы уснуть — это впервые!..

Буша увезли в психиатрическую лечебницу. Происшедшее казалось генералу явным симптомом душевной болезни. Возможно, генерал был не далек от истины.

Выпустили Буша только через полгода. К этому времени и у меня случились перемены.

Трудно припомнить, с чего это началось. Раза два я сказал что-то лишнее. Поссорился с Гасплем, человеком из органов. Однажды явился пьяный в ЦК. На конференции эстонских писателей возражал самому товарищу Липпо...

Чтобы сделать газетную карьеру, необходимы постоянные возрастающие усилия. Остановиться — значит капитулировать. Видимо, я не рожден был для этого. Затормозил, буксуя, на каком-то уровне, и все...

Вспомнили, что я работаю без таллинской прописки. Дознались о моем частично еврейском происхождении. Да и контакты с Бушем не укрепляли мою репутацию.

А тут еще начались в Эстонии политические беспорядки. Группа диссидентов обратилась с петицией к Вальдхайму. Потребовали демократизации и самоопределения. Через три дня их меморандум передавало западное радио. Еще через неделю из Москвы последовала директива — усилить воспитательную работу. Это означало — кого-то разжаловать, выгнать, понизить. Все это, разумеется, помимо следствия над авторами меморандума.

Завхоз Мелешко говорил в редакции:

— Могли обратиться к собственному начальству! Выдумали еще какого-то Хайма...

Я был подходящим человеком для репрессий. И меня уволили. Одновременно в типографии был уничтожен почти готовый сборник моих рассказов. И все это для того, чтобы рапортовать кремлевским боссам — меры приняты!

Конечно, я был не единственной жертвой. В эти же дни закрыли ипподром — рассадник буржуазных настроений. В буфете Союза журналистов прекратили торговлю спиртными напитками. Пропала ветчина из магазинов. Хотя это уже другая тема...

В общем, с эстонским либерализмом было покончено. Лучшая часть народа — двое молодых ученых — скрылись в подполье...

Меня лишили штатной должности. Рекомендовали уйти «по собственному желанию». Опять советовали превратиться в рабкора. Я отказался.

Пора мне было ехать в Ленинград. Тем более что семейная жизнь могла наладиться. На расстоянии люди становятся благоразумнее.

Я собирал вещи на улице Томпа. Вдруг зазвонил телефон. Я узнал голос Буша:

— Старик, дождись меня! Я еду! Вернее — иду пешком. Денег — ни копейки. Зато везу тебе ценный подарок...

Я спустился за вином. Минут через сорок появился Буш. Выглядел он лучше, чем полгода назад. Я спросил:

— Как дела?

— Ничего.

Буш рассказал мне, что его держат на учете в психиатрической лечебнице. Да еще регулярно таскают в КГБ.

Затем Буш слегка оживился и понизил голос:

— Вот тебе сувенир на память.

Он расстегнул пиджак. Достал из-за пазухи сложенный вчетверо лист бумаги. Протянул мне его с довольным видом.

— Что это? — спросил я.

— Стенгазета.

— Какая стенгазета?

— Местного отделения КГБ. Видишь название — «Щит и меч». Тут масса интересного. Какого-то старшину ругают за пьянку. Есть статья о фарцовщиках. А вот стихи про хулиганов:

> Стиляга угодил бутылкой
> В орденоносца-старика!
> Из седовласого затылка
> Кровь хлещет, будто с родника...

— А что, — сказал Буш, — неплохо...

Потом начал рассказывать, как ему удалось завладеть стенгазетой:

— Вызывает меня этот чокнутый Сорокин. Затевает свои идиотские разговоры. Я опровергаю все его доводы цитатами из Маркса. Сорокин уходит. Оставляет меня в своем педерастическом кабинете. Я думаю — что бы такое захватить Сереге на память? Вижу — на шкафу стенгазета. Схватил, засунул под рубаху. Дарю тебе в качестве сувенира...

— Давай, — говорю, — сожжем ее к черту! От греха подальше.

— Давай, — согласился Буш.

Мы разорвали стенгазету на клочки и подожгли ее в унитазе.

Я начинал опаздывать. Вызвал такси. Буш поехал со мной на вокзал.

На перроне он схватил меня за руку:

— Что я могу для тебя сделать? Чем я могу тебе помочь?

— Все нормально, — говорю.

Буш на секунду задумался, принимая какое-то мучительное решение.

— Хочешь, — сказал он, — женись на Галине? Уступаю как другу. Она может рисовать цветы на продажу. А через неделю родятся сиамские котята. Женись, не пожалеешь!

— Я, — говорю, — в общем-то, женат.

— Дело твое, — сказал Буш.

Я обнял его и сел в поезд.

Буш стоял на перроне один. Кажется, я не сказал, что он был маленького роста.

Я помахал ему рукой. В ответ Буш поднял кулак — «рот фронт!». Затем растопырил пальцы — «виктори!».

Поезд тронулся.

Шестой год я живу в Америке. Со мной жена и дочь Катя. Покупая очередные джинсы, Катя минут сорок топчет их ногами. Затем проделывает дырки на коленях...

Недавно в Бруклине меня окликнул человек. Я присмотрелся и узнал Гришаню. Того самого, который вез меня из Ленинграда.

Мы зашли в ближайший ресторан. Гришаня рассказал, что отсидел всего полгода. Затем удалось дать кому-то взятку, и его отпустили.

— Умел брать — сумей дать, — философски высказался Гришаня.

Я спросил его — как Буш? Он сказал:

— Понятия не имею. Шаблинского назначили ответственным секретарем...

Мы договорились, что созвонимся. Я так и не позвонил. Он тоже...

Месяц назад я прочитал в газетах о капитане Руди. Он пробыл четыре года в Мордовии. Потом за него вступились какие-то организации. Капитана освободили раньше срока. Сейчас он живет в Гамбурге.

О Буше я расспрашивал всех, кого только мог. По одним сведениям, Буш находится в тюрьме. По другим — женился на вдове министра рыбного хозяйства. Обе версии правдоподобны. И обе внушают мне горькое чувство.

Где он теперь, диссидент и красавец, шизофреник, поэт и герой, возмутитель спокойствия, — Эрнст Леопольдович Буш?!

КОМПРОМИСС ОДИННАДЦАТЫЙ

(«Советская Эстония». Август. 1976 г.)

«ТАЛЛИН ПРОЩАЕТСЯ С ХУБЕРТОМ ИЛЬВЕСОМ. Вчера на кладбище Линнаметса был похоронен верный сын эстонского народа, бессменный директор телестудии, Герой Социалистического Труда Хуберт Вольдемарович Ильвес.

Вся жизнь Хуберта Ильвеса была образцом беззаветного служения делу коммунизма.

Его отличали неизменное чувство ответственности, внимание к людям и удивительная личная скромность...

Под звуки траурного марша видные представители общественности несут украшенный многочисленными венками гроб с телом покойного.

Над свежей могилой звучат торжественные слова прощания...

В траурном митинге приняли участие видные партийные и советские работники, коллеги покойного, сотрудники радио, телевидения и крупнейших эстонских газет.

Память о Хуберте Ильвесе будет вечно жить в наших сердцах».

— Товарищ Довлатов, у вас имеется черный костюм?

Редактор недовольно хмурит брови. Ему неприятно задавать такой ущербный вопрос сотруднику республиканской партийной газеты. У редактора бежевое младенческое лицо, широкая поясница и детская фамилия — Туронок.

— Нет, — сказал я, — у меня джемпер.

— Не сию минуту, а дома.

— У меня вообще нет костюма, — говорю.

Я мог объяснить, что и дома-то нет, пристанища, жилья. Что я снимаю комнату бог знает где...

— Как же вы посещаете театр?

Я мог бы сказать, что не посещаю театра. Но в газете только что появилась моя рецензия на спектакль «Бесприданница». Я написал ее со слов Димы Шера. Рецензию хвалили за полемичность...

— Впрочем, давайте говорить по существу, — устал редактор, — скончался Ильвес.

В силу гнусной привычки ко лжи я изобразил уныние.

— Вы знали его? — спросил редактор.

— Нет, — говорю.

— Ильвес был директором телестудии. Похороны его — серьезное мероприятие. Надеюсь, это ясно?

— Да.

— Должен присутствовать человек от нашей редакции. Мы собирались послать Шаблинского.

— Правильно, — говорю, — Мишка у них без конца халтурит.

Редактор поморщился:

— Михаил Борисович занят. Едет в командировку на остров Сааремаа. Кленский отпадает. Тут нужен человек с представительной внешностью. У Буша запой и так далее. Остановились на вашей кандидатуре. Умоляю, не подведите. Нужно будет произнести короткую теплую речь. Необходимо, чтобы... В общем, держитесь так, будто хорошо знали покойного...

— Разве у меня представительная внешность?

— Вы рослый, — снизошел Туронок, — мы посоветовались с Клюхиной.

А, думаю, Галочка, впрочем, ладно...

— Генрих Францевич, — сказал я, — мне это не нравится. Отдает мистификацией. Ильвеса я не знал. Фальшиво скорбеть не желаю. Направьте Шаблинского. А я, так и быть, поеду на Сааремаа.

— Это исключено. Вы не создаете проблемных материалов.

— Не поручают, я и не создаю.

— Вам поручили корреспонденцию о немцах, вы отказались.

— Я считаю, их нужно отпустить.

— Вы наивный человек. Мягко говоря.

— А что? В Союзе немцев больше, чем армян. Но они даже автономии лишены.

— Да какие они немцы?! Это третье поколение колонистов. Они давно в эстонцев превратились. Язык, культура, образ мыслей... Типичные эстонцы. Отцы и деды в Эстонии жили...

— Дед Бори Ройблата тоже жил в Эстонии. И отец жил в Эстонии. Но Боря так и остался евреем. И ходит без работы...

— Знаете, Довлатов, с вами невозможно разговаривать. Какие-то демагогические приемы. Мы дали вам работу, пошли навстречу. Думали, вы повзрослеете. Будете держаться немного солиднее...

— Я же работаю, пишу.

— И даже неплохо пишете. Сам Юрна недавно цитировал одну вашу фразу: «...Конструктивная идея затерялась в хаосе безответственного эксперимента...» Речь идет о другом. Ваша аполитичность, ваш инфантилизм... постоянно ждешь от вас какого-нибудь демарша. Вы зарабатываете двести пятьдесят рублей. К вам хорошо относятся, ценят ваш юмор, ваш стиль. Где отдача, спрашивается? Почему я должен тратить время на эти бесплодные разговоры? Я настоятельно прошу вас заменить Шаблинского. Он временно дает вам свой пиджак. Примерьте. Там, на вешалке...

Я примерил.

— Ну и лацканы, — говорю, — сюда бы орден Красного Знамени...

— Все, — прервал меня редактор, — идите.

Я ненавижу кладбищенские церемонии. Не потому, что кто-то умер, ведь близких хоронить мне не доводилось. А к посторонним я равнодушен. И все-таки ненавижу похороны. На фоне чьей-то смерти любое движение кажется безнравственным. Я ненавижу похороны за ощущение красивой убедительной скорби. За слезы чужих, посторонних людей. За подавляемое чувство радости: «Умер не ты, а другой». За тайное беспокойство относительно предстоящей выпивки. За неумеренные комплименты в адрес покойного. (Мне всегда хотелось крикнуть: «Ему наплевать. Будьте снисходительнее к живым. То есть ко мне, например».)

И вот я должен, заменив Шаблинского, участвовать в похоронных торжествах, скорбеть и лицемерить. Звоню на телестудию:

— Кто занимается похоронами?

— Сам Ильвес.

Я чуть не упал со стула.

— Рандо Ильвес, сын покойного. И организационная комиссия.

— Как туда позвонить? Записываю... Спасибо.

Звоню. Отвечают с прибалтийским акцентом:

— Вы родственник покойного?

— Коллега.

— Сотрудничаете на телевидении?

— Да.

— Ваша фамилия — Шаблинский?

«Да», — чуть не сказал я.

— Шаблинский в командировке. Мне поручено его заменить.

— Ждем вас. Третий этаж, комната двенадцать.

— Еду.

В двенадцатой комнате толпились люди с повязками на руках. Знакомых я не встретил. Пиджак Шаблинского, хранивший его очертания, теснил и сковывал меня. Я чувствовал себя неловко, прямо дохлый кит в бассейне. Лошадь в собачьей конуре.

Я помедлил, записывая эти метафоры.

Женщина за столом окликнула меня:

— Вы Шаблинский?

— Нет.

— От «Советской Эстонии» должен быть Шаблинский.

— Он в командировке. Мне поручили его заменить.

— Ясно. Текст выступления готов?

— Текст? Я думал, это будет... взволнованная импровизация.

— Есть положение... Текст необходимо согласовать.

— Могу я представить его завтра?

— Не трудитесь. Вот текст, подготовленный Шаблинским.

— Чудно, — говорю, — спасибо.

Мне вручили два листка папиросной бумаги. Читаю:

«Товарищи! Как я завидую Ильвесу! Да, да, не удивляйтесь. Чувство белой зависти охватывает меня. Какая содержательная жизнь! Какие внушительные итоги! Какая завидная слава мечтателя и борца!..»

Дальше шло перечисление заслуг, и наконец — финал:

«...Спи, Хуберт Ильвес! Ты редко высыпался. Спи!..»

О том, чтобы произнести все это, не могло быть и речи. На бумаге я пишу все что угодно. Но вслух, перед людьми...

Обратился к женщине за столом:

— Мне бы хотелось внести что-то свое... Чуточку изменить... Я не столь эмоционален...

— Придется сохранить основу. Есть виза...

— Разумеется.

— Данные перепишите.

Я переписал.

— Отсебятины быть не должно.

— Знаете, — говорю, — уж лучше отсебятина, чем отъеготина.

— Как? — спросила женщина.

— Ладно, — говорю, — все будет нормально.

Теперь несколько слов о Шаблинском. Его отец был репрессирован. Дядя, профессор, упоминается в знаменитых мемуарах. Чуть ли не единственный, о ком говорится с симпатией.

Миша рос в унылом лагерном поселке. Арифметику и русский ему преподавали корифеи советской науки... в бушлатах. Так складывались его жизненные представления. Он вырос прочным и толковым. Словам не верил, действовал решительно. Много читал. В нем уживались интерес к поэзии и любовь к технике. Не имея диплома, он работал конструктором. Поступил в университет. Стал промышленным журналистом. Гибрид поэзии и техники — отныне его сфера.

Он был готов на все ради достижения цели. Пользовался любыми средствами. Цель представлялась все туманнее. Жизнь превратилась в достижение средств. Альтернатива добра и зла переродилась в альтернативу успеха и неудачи. Активная жизнедеятельность затормозила нравственный рост. Когда нас познакомили, это был типичный журналист с его раздвоенностью и цинизмом. О журналистах замечательно высказался Форд: «Честный газетчик продается один раз». Тем не менее я считаю это высказывание идеалистическим. В журналистике есть скупочные пункты, комиссионные магазины и даже барахолка. То есть перепродажа идет вовсю.

Есть жизнь, прекрасная, мучительная, исполненная трагизма. И есть работа, которая хорошо оплачивается. Работа по созданию иной, более четкой, лишенной трагизма, гармонической жизни. На бумаге.

Сидит журналист и пишет: «Шел грозовой девятнадцатый...»

Оторвался на минуту и кричит своей постылой жене: «Гарик Лернер обещал мне сделать три банки растворимого кофе...»

Жена из кухни: «Как, Лернера еще не посадили?»

Но перо уже скользит дальше. Допустим: «...Еще одна тайна вырвана у природы...» Или там: «...В Нью-Йорке левкои не пахнут...»

В жизни газетчика есть все, чем прекрасна жизнь любого достойного мужчины.

Искренность? Газетчик искренне говорит не то, что думает.

Творчество? Газетчик без конца творит, выдавая желаемое за действительное.

Любовь? Газетчик нежно любит то, что не стоит любви.

Впрочем, мы отвлеклись.

С телевидения я поехал к Марине. Целый год между нами происходило что-то вроде интеллектуальной близости. С оттенком вражды и разврата.

Марина трудилась в секретариате нашей газеты. До и после работы ею владели скептицизм и грубоватая прямота тридцатилетней незамужней женщины.

Когда-то она была подругой Шаблинского. Как и все остальные сотрудницы нашей редакции. Все они без исключения рано или поздно уступали его домогательствам. Секрет такого успеха был мне долгое время неясен. Затем я понял, в чем дело. Шаблинский убивал недвусмысленностью своих посягательств. Объявил, например, практикантке из Литвы, с которой был едва знаком:

— Я вас люблю. И даже возможный триппер меня не остановит.

Как-то говорю ему:

— Мишка, я не ханжа. Но у тебя четыре дамы. Скоро Новый год. Не можешь же ты пригласить всех четверых.

— Почему? — спросил Шаблинский.

— Будет скандал.

— Не исключено, — задумался он.

— Так как же?

Шаблинский подумал, вздохнул и сказал:

— Если бы ты знал, какая это серьезная проблема...

С Мариной он расстался потому, что задумал жениться. Марина в жены не годилась. Было ей, повторяю, около тридцати, курящая и много знает. Мишу интересовал традиционный еврейский брачный вариант. Чистая девушка с хозяйственными наклонностями. Кто-то его познакомил. Действительно, милая Розочка, с усиками. Читает, разбирается. Торговый папа...

Роза хлопала глазами, повторяя:

— Ой, как я буду замужем?! У меня ж опыта нет...

— Чего нет? — хохотал Шаблинский...

А Марину бросил. И тут подвернулся я. Задумчивый, вежливый, честный. И она меня как бы увидела впервые. Впервые оценила.

Есть в моих добродетелях интересное свойство. Они расцветают и становятся заметными лишь на фоне какого-нибудь безобразия. Вот меня и любят покинутые дамы.

Сначала она все про Шаблинского говорила:

— Ты знаешь, он ведь по-своему любил меня. Как-то я его упрекнула: «Не любишь». Что, ты думаешь, он сделал? Взял мою одежду, сумочку и повесил...

— Куда? — спрашиваю.

— Какой ты... Это было ночью. Полный интим. Я говорю: «Не любишь!» А он взял одежду, сумочку и повесил. На это самое. Чтобы доказать, какой он сильный. И как меня любит...

Итак, с телевидения еду к Марине. Дом ее в районе новостроек заселен коллегами-газетчиками. Выйдешь из троллейбуса — пустырь, громадный дом, и в каждом окне — сослуживец.

Поднялся на четвертый этаж, звоню. И тут вспоминаю, что на мне пиджак Шаблинского. Распахнулась дверь. Марина глядит на меня с удивлением. Может, подумала, что я Шаблинского (из ревности) зарезал, а клифт его — украл...

(У женщин на одежду память какая-то сверхъестественная. Моя жена говорила о ком-то: «Да ты его знаешь. Отлично знаешь. Такой несимпатичный, в черных ботинках с коричневыми шнурками».)

У хорошего человека отношения с женщинами всегда складываются трудно. А я человек хороший. Заявляю без тени смущения, потому что гордиться тут нечем. От хорошего человека ждут соответствующего поведения. К нему предъявляют высокие требования. Он тащит на себе ежедневный мучительный груз благородства, ума, прилежания, совести, юмора. А затем его бросают ради какого-нибудь отъявленного подонка. И этому подонку рассказывают, смеясь, о нудных добродетелях хорошего человека.

Женщины любят только мерзавцев, это всем известно. Однако быть мерзавцем не каждому дано.

У меня был знакомый валютчик Акула. Избивал жену черенком лопаты. Подарил ее шампунь своей возлюбленной. Убил кота. Один раз в жизни приготовил ей бутерброд с сыром. Жена всю ночь рыдала от умиления и нежности. Консервы девять лет в Мордовию посылала. Ждала...

А хороший человек, кому он нужен, спрашивается?..

Итак, я в чужом пиджаке.

— В чем дело? — говорит Марина, усмотрев в этом переодевании какое-то сексуальное надругательство. Какую-то оскорбительную взаимозаменяемость чувств...

— Это Мишкин пиджак, — говорю, — на время, для солидности.

— Хочешь сделать мне предложение? (Юмор с примесью желчи.)

— Будь я серьезным человеком — запросто.

— Не пугайся.

— Я должен выступить на похоронах. Ильвес умер.

— Ильвес? С телевидения? Кошмар... Ты ел?

— Не помню. Я Ильвеса в глаза не видел.

— Есть бульон с пирожками и утка.

— Давай. Может сбегать?

— У меня есть. На донышке...

Знаю я эти культурные дома. Иконы, самовары, Нефертити... Какие-то многозначительные черепки... Уйма книг, и все новенькие... А водки — на донышке. Вечно на донышке. И откуда она берется? Кто-то принес? Не допил? Занялся более важными делами?

Ревновать я не имею права. Жена, алименты... Долго рассказывать. Композиция рухнет...

— Откуда водка? — спрашиваю. — Кто здесь был?

Я не ревную, мне безразлично. Это у нас игра такая.

— Эдик заходил. У него депрессия.

Имеется в виду поэт Богатырёв. Затянувшаяся фамилия, очки, безумный хохот. Видел я книгу его стихов. То ли «Гипотенуза добра», то ли «Биссектриса сердца». Что-то в этом роде. Белые стихи. А может, я ошибаюсь. Например, такие:

> Мы рядом шли, как две слезы,
> И не могли соединиться...

И дальше указание: «Ночь 21–22 декабря. Скорый поезд Ленинград—Таллин».

— У него всегда депрессия. Рабочее состояние. А у Буша рабочее состояние — запой...

— Не будь злым!

— Ладно...

— Хочешь посмотреть, что я в дневнике написала? Относительно тебя.

Марина принесла вишнёвого цвета блокнот. На обложке золотые буквы: «Делегату Таллинской партийной конференции».

— Здесь не читай. И здесь не читай. Вот это.

«Он был праздником моего тела и гостем моей души. Ночь 19–20 августа 1975 года».

Я прочёл и содрогнулся. Комнату заполнил нестерпимый жар. Голубые стены косо поползли вверх.

Перед глазами раскачивались эстампы. Приступ удушья вышвырнул меня за дверь. С шуршанием задевая обои, я устремился в ванную. Склонился к раковине, опершись на ее холодные фаянсовые борта. Меня стошнило. Я сунул голову под кран. Ледяная вода потекла за шиворот.

Марина деликатно ждала в коридоре. Затем спросила:

— Пил вчера?

— Ох, не приставай...

— Обидно наблюдать, как гибнет человек.

— Знаешь, — говорю, — проиграть в наших условиях, может быть, достойнее, чем выиграть.

— Тебе нравится чувствовать себя ущербным. Ты любуешься своими неудачами, кокетничаешь этим...

— Лимон у тебя есть?

— Сейчас.

Сижу жую лимон. Выражение лица — соответствующее. А Марина твердит свое:

— Истинный талант когда-нибудь пробьет себе дорогу. Рано или поздно состоится. Пиши, работай, добивайся...

— Я добиваюсь. Я, кажется, уже добился. Меня обругал инструктор ЦК по культуре. Послушай, а где это самое? Ты говорила — на донышке...

Марина принесла какую-то чепуху в заграничной бутылке, два фужера. Включила проигрыватель. Естественно — Вивальди. Давно ассоциируется с выпивкой...

— Знаешь, — говорю, — давно я мечтал побыть в нормальной обстановке.

— Мне хочется видеть тебя сильным, ясным, целеустремленным.

— Это значит — быть похожим на Шаблинского.

— Вовсе нет. Будь естественным.

— Вероятно, для меня естественно быть неестественным.

— Ты все чрезмерно усложняешь. Быть порядочным человеком не такое уж достижение.

— А ты попробуй.

— Хамить не обязательно.

И правда, думаю, чего это я... Красивая женщина. Стоит руку протянуть. Протянул. Выключил музыку. Опрокинул фужер...

Слышу: «Мишка, я сейчас умру!» И едва уловимый дребезжащий звук. Это Марина далекой, свободной, невидимой, лишней рукой утвердила фужер...

— Мишка, — говорю, — в командировке.

— О господи!..

Мне стало противно, и я ушел. Вернее, остался.

Наутро текст моего выступления был готов.

«Товарищи! Грустное обстоятельство привело нас сюда. Скончался Хуберт Ильвес, видный администратор, партиец, человек долга...» Далее шло перечисление заслуг. Несколько беллетризированный вариант трудовой книжки. И наконец — финал: «Память о нем будет жить в наших сердцах!..»

С этим листком я поехал на телевидение. Там прочитали и говорят:

— Несколько абстрактно. А впрочем, это даже хорошо. По контрасту с более официальными выступлениями.

Я позвонил в редакцию. Мне сказали:

— Ты в распоряжении похоронной комиссии. До завтра. Чао!

В похоронной комиссии царила суета, напоминавшая знакомую редакционную атмосферу с ее фальшивой озабоченностью и громогласным лихорадочным бесплодием. Я курил на лестнице возле пожарного стенда. Тут меня окликнул Быковер. В любой редакции есть такая нестандартная фигура — еврей, безумец, умница. Как в любом населенном пункте — городской сумасшедший. Судьба Быковера довольно любопытна. Он был младшим сыном ревельского фабриканта. Окончил Кембридж. Затем буржуазная Эстония пала. Как прогрессивно мыслящий еврей, Фима был за революцию. Поступил в иностранный отдел республиканской газеты. (Пригодилось знание языков.) И вот ему дали ответственное поручение. Позвонить Димитрову в Болгарию. Заказать поздравление к юбилею Эстонской Советской Республики. Быковер позвонил в Софию. Трубку взял секретарь Димитрова.

— Говорят с Таллина, — заявил Быковер, оставаясь евреем при всей своей эрудиции. — Говорят с Таллина, — произнес он.

В ответ прозвучало:

— Дорогой товарищ Сталин! Свободолюбивый народ Болгарии приветствует вас. Позвольте от имени трудящихся рапортовать...

— Я не Сталин, — добродушно исправил Быковер, — я — Быковер. А звоню я то, что хорошо бы в смысле юбилея организовать коротенькое поздравление... Буквально пару слов...

Через сорок минут Быковера арестовали. За кощунственное сопоставление. За глумление над святыней. За идиотизм.

После этого было многое. Следствие, недолгий лагерь, фронт, где Быковер вымыл песком и щелочью коровью тушу. («Вы говорили — мой щчательно, я и мыл щчательно...») Наконец он вернулся. Поступил в какую-то библиотеку. Диплома не имел (Кембридж не считается). Платили ему рублей восемьдесят. А между тем Быковер женился. Жена постоянно болела, но исправно рожала. Нищий, запуганный, полусумасшедший, Быковер топтался в редакционных холлах. Писал грошовые информации на редкость убогого содержания. «Около фабрики „Калев" видели лося». «В доме отставного майора зацвел исполинский кактус». «Вышел из печати очередной том Григоровича». И так далее. Быковер ежедневно звонил в роддом, не появилась ли тройня. Ежемесячно обозревал новинки ширпотреба. Ежегодно давал информацию к началу охотничьего сезона. Мы все его любили.

— Здорово, Фима! — произнес я кощунственно бодрым голосом.

— Такое несчастье, такое несчастье, — ответил Быковер.

— Говорят, покойный был негодяем?

— Не то слово, не то слово...

— Слушай, Фима, — говорю, — ты хоть раз пытался выпрямиться? Заговорить в полный голос?

Быковер взглянул на меня так, что я покраснел.

— Знаешь, чего бы мне хотелось, — сказал он. — Мне бы хотелось стать невидимым. Чтобы меня вообще не существовало. Я бы охотно поменялся с Ильвесом, но у меня дети. Трое. И каждому нужны баретки.

— Зачем ты сюда пришел?

— Я не хотел. Я мыслил так: допустим, скончался Быковер. Разве Ильвес пришел бы его хоронить?! Никогда в жизни. Значит, и я не пойду. Но жена говорит: «Фима, иди. Там будут все. Там будут нужные люди...»

— А я — нужный человек?

— Не очень. Но ты — хороший человек...

Выглянула какая-то девица с траурной повязкой:

— Кто здесь Шаблинский?

— Я, — говорю.

— Понимаете, Ильвес в морге. Одели его прилично, в темно-синий костюм. А галстука не оказалось. Галстук только что доставил племянник. И еще, надо приколоть к лацкану значок Союза журналистов...

Сам я был в галстуке. Мне его уступил год назад фарцовщик Акула. Он же и завязал его каким-то необыкновенным способом. А-ля Френк Синатра. С тех пор я этот галстук не развязывал. Действовал так:

ослабив узел, медленно расширял петлю. Кончик оставался снаружи. Затем я осторожно вытаскивал голову с помятыми ушами. И наоборот, таким же образом...

— Боюсь, у меня не получится...

— Вообще-то я умею, — сказал Быковер.

— Прекрасно, — обрадовалась девица, — грузовая машина внизу. Там шофер и еще звукооператор Альтмяэ. Вот галстук и значок. Доставьте покойного сюда. К этому времени все уже будут готовы. Церемония начнется ровно в три. И еще, скажите Альтмяэ, что фон должен быть контрастным. Он знает...

Мы оделись, сели в лифт. Быковер сказал:

— Вот я и пригодился.

Внизу стоял грузовик с фургоном. Звукооператор Альтмяэ дремал в кабине.

— Здорово, Оскар, — говорю, — имей в виду, фон должен быть контрастным.

— Какой еще фон? — удивился Альтмяэ.

— Ты знаешь.

— Что я знаю?

— Девица просила сказать.

— Какая девица?

— Ладно, — говорю, — спи.

Мы залезли в кузов. Быковер радовался:

— Хорошо, что я могу быть полезен. Ильвес — нужный человек.

— Кто нужный человек? — поразился я.

— Младший Ильвес, сын.

— А чем он занимается?

— Работает в отделе пропаганды.

— Садись, — говорю, — поближе, здесь меньше трясет.

— Меня везде одинаково трясет.

Когда-то я был лагерным надзирателем. Возил заключенных в таком же металлическом фургоне. Машина называлась — автозак. В ней помимо общего «салона» имелись два тесных железных шкафа. Их называли стаканами. Там, упираясь в стены локтями и коленями, мог поместиться один человек. Конвой находился снаружи. В железной двери была проделана узкая смотровая щель. Заключенные называли это устройство: «Я тебя вижу, ты меня — нет». Я вдруг почувствовал, как это неуютно — ехать в железном стакане. А ведь прошло шестнадцать лет...

По металлической крыше фургона зашуршали ветки. Нас качнуло, грузовик затормозил. Мы вылезли на свет. За деревьями желтели стены прозекторской. Справа от двери — звонок. Я позвонил. Нам отворил мужчина в клеенчатом фартуке. Альтмяэ вынул документы и что-то сказал по-эстонски. Дежурный жестом пригласил нас следовать за ним.

— Я не пойду, — сказал Быковер, — я упаду в обморок.

— И я, — сказал Альтмяэ, — мне будут потом кошмары сниться.

— Хорошо вы устроились, — говорю, — надо было предупредить.

— Мы на тебя рассчитывали. Ты вон какой амбал.

— Я и галстук-то завязывать не умею.

— Я тебя научу, — сказал Быковер, — я научу тебя приему «кембриджский лотос». Ты здесь потренируешься, а на месте осуществишь.

— Я бы пошел, — сказал Альтмяэ, — но я чересчур впечатлительный. И вообще покойников не уважаю. А ты?

— Покойники — моя страсть, — говорю.

— Гляди и учись, — сказал Быковер, — воспринимай зеркально. Узкий сюда, широкий сюда. Оборачиваем дважды. Кончик вытаскиваем. Вот тут придерживаем и медленно затягиваем. Смотри. Правда, красиво?

— Ничего, — говорю.

— Преимущество «кембриджского лотоса» в том, что узел легко развязывается. Достаточно потянуть за этот кончик, и все.

— Ильвес будет в восторге, — сказал Альтмяэ.

— Ты понял, как это делается?

— Вроде бы да, — говорю.

— Попробуй.

Быковер с готовностью подставил дряблую шею, залепленную в четырех местах лейкопластырем.

— Ладно, — говорю, — я запомнил.

В морге было прохладно и гулко. Коричневые стены, цемент, доска МПВО, огнетушитель — вызывающе алый.

— Этот, — показал дежурный.

У окна на кумачовом постаменте возвышался гроб. Не обыденно коричневый (под цвет несгораемого шкафа), а черный, с галунами из фольги.

Ильвес выглядел абсолютно мертвым. Безжизненным, как муляж.

Я показал дежурному галстук. Выяснилось, что он хорошо говорит по-русски.

— Я приподниму, а вы затягивайте.

Сцепленными руками он приподнял тело, как бревно. Дальше — путаница и суета наших ладоней... «Так... еще немного...» Задравшийся воротничок, измятые бумажные кружева...

— О'кей, — сказал дежурный, тронув волосы покойного.

Я вытащил значок и приколол его к темному шевиотовому лацкану. Дежурный принес крышку с шестью болтами. Примерились, завинтили.

— Я ребят позову.

Вошли Альтмяэ с Быковером. У Фимы были плотно закрыты глаза. Альтмяэ бледно улыбался. Мы вынесли гроб, с отвратительным скрипом задвинули его в кузов.

Альтмяэ сел в кабину. Быковер всю дорогу молчал. А когда подъезжали, философски заметил:

— Жил, жил человек и умер.

— А чего бы ты хотел? — говорю.

В вестибюле толпился народ. Говорили вполголоса. На стенах мерцали экспонаты фотовыставки «Юность планеты».

Вышел незнакомый человек с повязкой, громко объявил:

— Курить разрешается.

Это гуманное маленькое беззаконие удовлетворило скорбящих.

В толпе бесшумно сновали распорядители. Все они были мне незнакомы. Видимо, похоронные торжества нарушают обычную иерархическую систему. Безымянные люди оказываются на виду. Из тех, кто готов добровольно этим заниматься.

Я подошел к распорядителю:

— Мы привезли гроб.

— А кабель захватили?

— Кабель? Впервые слышу.

— Ладно, — сказал он, как будто я допустил незначительный промах. Затем возвысил голос, не утратив скорби: — По машинам, товарищи!

Две женщины торопливо и с опозданием бросали на пол еловые ветки.

— Кажется, мы больше не нужны, — сказал Альтмяэ.

— Мне поручено выступить.

— Ты будешь говорить в конце. Сначала выступят товарищи из ЦК. А потом уж все кому не лень. Все желающие.

— Что значит — все желающие? Мне поручено. И текст завизирован.

— Естественно. Тебе поручено быть желающим. Я видел список. Ты восьмой. После Лембита. Он хочет, чтобы все запели. Есть такая песня — «Журавли». «Мне кажется порою, что солдаты...» И так далее. Вот Лембит и предложит спеть ее в честь Ильвеса.

— Кто же будет петь? Да еще на холоде.

— Все. Вот увидишь.

— Ты, например, будешь петь?

— Нет, — сказал Альтмяэ.

— А ты? — спросил я Быковера.

— Надо будет — спою, — ответил Фима...

Народ тянулся к выходу. Многие несли венки, букеты и цветы в горшках. У подъезда стояли шесть автобусов и наш фургон. Ко мне подошел распорядитель:

— Товарищ Шаблинский?

— Он в командировке.

— Но вы из «Советской Эстонии»?

— Да. Мне поручили...

— Тело вы привезли?

— Мы втроем.

— Будете сопровождать его и в дальнейшем. Поедете в спецмашине. А это, чтоб не мерзнуть.

Он протянул мне булькнувший сверток. Это была завуалированная форма гонорара. Глоток перед атакой. Я смутился, но промолчал. Сунул пакет в карман. Рассказал Быковеру и Альтмяэ. Мы зашли в буфет, попросили стаканы. Альтмяэ купил три бутерброда. Вестибюль опустел. Еловые ветки темнели на желтом блестящем полу. Мы подошли к фургону. Шофер сказал:

— Есть место в кабине.

— Ничего, — говорит Альтмяэ.

— Дать ему «маленькую»? — шепотом спросил я.

— Никогда в жизни, — отчеканил Быковер.

Гроб стоял на прежнем месте. Некоторое время мы сидели в полумраке. Заработал мотор. Альтмяэ положил бутерброды на крышку гроба. Я достал выпивку. Фима сорвал зубами крошечную жестяную бескозырку. Негромко звякнули стаканы. Машина тронулась.

— Помянем, — грустно сказал Быковер.

Альтмяэ забылся и воскликнул:

— Хорошо!

Мы выпили, сунули бутылочки под лавку. Бумагу кинули в окно.

— Стаканы надо бы вернуть, — говорю.

— Еще пригодятся, — заметил Быковер.

...Фургон тряхнуло на переезде.

— Мы у цели, — сказал Быковер.

В голосе его зазвучала нота бренности жизни.

Кладбище Линнаметса расположилось на холмах, поросших соснами и усеянных замшелыми эффектными валунами. Глядя на эти декоративные каменья, журналисты торопятся сказать: «Остатки ледникового периода». Как будто они застали и хорошо помнят доисторические времена.

Все здесь отвечало идее бессмертия и покоя. Руинами древней крепости стояли холмы. В отдалении рокотало невидимое море. Покачивали кронами сосны. Кора на их желтоватых параллельных стволах шелушилась.

Никаких объявлений, плакатов, киосков и мусорных баков. Торжественный союз воды и камня. Тишина.

Мы выехали на главную кладбищенскую аллею. Ее пересекали тени сосен. Шофер затормозил. Распахнулась железная дверь. За нами колонной выстроились автобусы. Подошел распорядитель:

— Сколько вас?

— Трое, — говорю.

— Нужно еще троих.

Я понял, что гроб — это все еще наша забота.

Около автобусов толпились люди с венками и букетами цветов. Неожиданно грянула музыка. Первый могучий аккорд сопровождался эхом.

К нам присоединилось трое здоровых ребят. Внештатники из молодежной газеты. С одним из них я часто играл в пинг-понг. Мы вытащили гроб. Потом развернулись и заняли место в голове колонны. Звучал похоронный марш Шопена. Медленно идти с тяжелым грузом — это пытка. Я устал. Руку сменить невозможно.

Быковер сдавленным голосом вдруг произнес:

— Тяжелый, гад...

— Пошли быстрее, — говорю.

Мы зашагали чуть быстрее. Оркестр увеличил темп. Еще быстрее. Идем, дирижируем. Быковер говорит:

— Сейчас уроню.

И громче:

— Смените нас, товарищи... Але!

Его сменил радиокомментатор Оя.

В конце аллеи чернела прямоугольная могила. Рядом возвышался холмик свежей земли. Музыканты расположились полукругом. Дождавшись паузы, мы опустили гроб. Собравшиеся обступили могилу. Распорядитель и его помощники сняли крышку гроба. Я убедился, что галстук на месте, и отошел за деревья. Ребята с телевидения начали устанавливать приборы. Свет ярких ламп казался неуместным. В траве чернели провода. Ко мне подошли Быковер и Альтмяэ. Очевидно, нас сплотила водка. Мы закурили. Распорядитель потребовал тишины. Заговорил первый оратор с вельветовой новенькой шляпой в руке. Я не слушал. Затем выступали другие. Бодро перекликались мальчики с телевидения.

— Прямая трансляция, — сказал Быковер. Затем добавил: — Меня-то лично похоронят как собаку.

— Эпидстанция не допустит, — реагировал Альтмяэ. — Дорога к смерти вымощена бессодержательными информациями.

— Очень даже содержательными, — возмутился Быковер.

Слово предоставили какому-то ответственному работнику газеты «Ыхту лехт». Я уловил одну фразу: «Отец и дед его боролись против эстонского самодержавия».

— Это еще что такое?! — поразился Альтмяэ. — В Эстонии не было самодержавия.

— Ну, против царизма, — сказал Быковер.

— И царизма эстонского не было. Был русский царизм.

— Вот еврейского царизма действительно не было, — заметил Фима, — чего нет, того нет.

Подошел распорядитель:

— Вы Шаблинский?

— Он в командировке.

— Ах да... Готовы? Вам через одного...

Альтмяэ вынул папиросы. Зажигалка не действовала, кончился бензин. Быковер пошел за спичками. Через минуту он вернулся на цыпочках и, жестикулируя, сказал:

— Сейчас вы будете хохотать. Это не Ильвес.

Альтмяэ выронил папиросу.

— То есть как? — спросил я.

— Не Ильвес. Другой человек. Вернее, покойник...

— Фима, ты вообще соображаешь?

— Я тебе говорю — не Ильвес. И даже не похож. Что я, Ильвеса не знаю?!

— Может, это провокация? — сказал Альтмяэ.

— Видно, ты перепутал.

— Это дежурный перепутал. Я Ильвеса в глаза не видел. Надо что-то предпринять, — говорю.

— Еще чего, — сказал Быковер, — а прямая трансляция?

— Но это же бог знает что!

— Пойду взгляну, — сказал Альтмяэ.

Отошел, вернулся и говорит:

— Действительно, не Ильвес. Но сходство есть...

— А как же родные и близкие? — спрашиваю.

— У Ильвеса, в общем-то, нет родных и близких, — сказал Альтмяэ, — откровенно говоря, его недолюбливали.

— А говорили — сын, племянник...

— Поставь себя на их место. Идет телепередача. И вообще — ответственное мероприятие...

———

Возле могилы запели. Выделялся пронзительный дискант Любы Торшиной из отдела быта. Тут мне кивнул распорядитель. Я подошел к могиле. Наконец пение стихло.

— Прощальное слово имеет...

Разумеется, он переврал мою фамилию:

— Прощальное слово имеет товарищ Долматов.

Кем я только не был в жизни — Докладовым, Заплатовым...

Я шагнул к могиле. Там стояла вода и белели перерубленные корни. Рядом на специальных козлах возвышался гроб, отбрасывая тень. Неизвестный утопал в цветах. Клочок его лица сиротливо затерялся в белой пене орхидей и гладиолусов. Покойный, разминувшись с именем, казался вещью. Я увидел подпираемый соснами купол голубого шатра. Как на телеэкране, пролетали галки. Ослепительно-желтый шпиль церкви, возвышаясь над домами Мустамяэ, подчеркивал их унылую сероватую будничность. Могилу окружали незнакомые люди в темных пальто. Я почувствовал удушливый запах цветов и хвои. Борта неуютного ложа давили мне плечи. Опавшие лепестки щекотали сложенные на груди руки. Над моим изголовьем суетливо перемещался телеоператор. Звучал далекий, окрашенный самолюбованием голос:

«...Я не знал этого человека. Его души, его порывов, стойкости, мужества, разочарований и надежд. Я не верю, что истина далась ему без поисков. Не думаю, что угасающий взгляд открыл мерило суматошной жизни, заметных хитростей, побед без триумфа и капитуляций без горечи. Не думаю, чтобы он понял, куда мы идем и что в нашем судорожном отступлении радостно и ценно. И тем не менее он здесь... по собственному выбору...»

Я слышал тихий нарастающий ропот. Из приглушенных обрывков складывалось: «Что он говорит?..» Кто-то тронул меня за рукав. Я шевельнул плечом. Заговорил быстрее:

«...О чем я думаю, стоя у этой могилы? О тайнах человеческой души. О преодолении смерти и душевного горя. О законах бытия, которые родились в глубине тысячелетий и проживут до угасания солнца...»

Кто-то отвел меня в сторону.

— Я не понял, — сказал Альтмяэ, — что ты имел в виду?

— Я сам не понял, — говорю, — какой-то хаос вокруг.

— Я все узнал, — сказал Быковер. Его лицо озарилось светом лукавой причастности к тайне. — Это бухгалтер рыболовецкого колхоза — Гаспль. Ильвеса под видом Гаспля хоронят сейчас на кладбище Меривялья. Там невероятный скандал. Только что звонили... Семья в истерике... Решено хоронить как есть...

— Можно завтра или даже сегодня вечером поменять надгробия, — сказал Альтмяэ.

— Отнюдь, — возразил Быковер, — Ильвес номенклатурный работник. Он должен быть захоронен на привилегированном кладбище. Существует железный порядок. Ночью поменяют гробы...

Я вдруг утратил чувство реальности. В открывшемся мире не было перспективы. Будущее толпилось за плечами. Пережитое заслоняло горизонт. Мне стало казаться, что гармонию выдумали поэты, желая тронуть людские сердца...

— Пошли, — сказал Быковер, — надо занять места в автобусе. А то придется в железном ящике трястись...

КОМПРОМИСС ДВЕНАДЦАТЫЙ

(«Советская Эстония». Октябрь. 1976 г.)

«ПАМЯТЬ — ГРОЗНОЕ ОРУЖИЕ! В греческой мифологии есть образ Леты, реки забвения, воды которой уносили пережитые людьми земные страдания. На берегу Леты человек получал жалкую временную иллюзию счастья. Его наивный разум, лишенный опыта и воспоминаний, делал человека игрушкой в руках судьбы. Но испокон века против течения Леты движется многоводная и неиссякаемая река человеческой памяти...

В городе Тарту открылся III Республиканский слет бывших узников фашистских концентрационных лагерей.

Их лица — одновременно — праздничны и суровы. На груди у каждого скромный маленький значок — красный треугольник и силуэт голубки, нерасторжимые эмблемы пролитой крови и мира. Они собираются группами в просторных холлах театра «Ванемуйне». Приветствия, объятия, взволнованная речь...

Рассказывает Лазарь Борисович Слапак, инженер-конструктор:

— Сначала я находился в лагере для военнопленных. За антифашистскую пропаганду и организацию побегов был переведен в Штутгоф... Мы узнавали своих по глазам, по одному дви-

жению руки, по неуловимой улыбке... Человек не ощущает себя
жертвой, если рядом товарищи, братья...

Слет продолжался два дня. Два дня воспоминаний, дружбы,
верности пережитому. Делегаты и гости разъехались, попол-
нив драгоценный и вечный архив человеческой памяти, и мы
вслед за ними произносим торжественно и сурово, как предо-
стережение, клятву и заповедь мира: „Никто не забыт, и ни-
что не забыто!"»

В Тарту мы приехали рано утром. Жбанков всю
дорогу ремонтировал фотоаппарат. В ход пошли кан-
целярские скрепки, изоляционная лента, маленький
осколок зеркала...

Сначала хотели послать Малкиэля, но Жбанков
запротестовал:

— Я, между прочим, фронтовик, имейте совесть!

Редактор Туронок пытался настаивать:

— Там собираются узники, а вовсе не фронтовики.

— Как будто я не узник! — возвысил голос Жбанков.

— Вытрезвитель не считается, — едко заметил редактор.

Жбанков не уступал. В резерве у него имелось дей-
ственное средство. Если Мишу явно притесняли, он
намекал, что запьет. Он не говорил об этом прямо. Он
только спрашивал:

— А что, касса взаимопомощи еще открыта?

Это означало, что Миша намерен раздобыть денег.
А если не удастся, то пропить казенный импортный
фотоувеличитель.

Как правило, ему уступали. Тем не менее запивал он часто. Сама мысль о запое была его предвестием...

— Генрих Францевич, — вмешался я, — мы со Жбанковым уже ездили.

— У нас — творческое взаимопонимание, — поддакнул Миша.

— Это меня и пугает, — сказал Туронок, — а впрочем, ладно. Езжайте.

Я думаю, редактор вспомнил, что мероприятие ответственное. А фотографировал Жбанков прекрасно...

От вокзала до театра мы шли пешком. Тарту — городок приветливый, культурный. В толпе мелькали зеленые студенческие фуражки. Моросил прозрачный дождь.

— Надо бы пленку купить, — сказал Жбанков.

Зашли в уютный канцелярский магазин. Продавец заваривал кофе на электроплитке. Его типично эстонский вязаный жилет был украшен металлическими пуговицами.

— Микрат-четыре есть? — спросил Жбанков.

Эстонец покачал головой.

— Начинается...

Я поинтересовался:

— А где ближайший магазин, в котором есть четвертый номер?

— В Хельсинки, — ответил продавец без улыбки.

— Ладно, — сказал Жбанков, — там будут ребята из «ЭДАЗИ»...

Дождь усиливался. Мы поспешили в театр. У входа толпились люди с зонтиками и целлофановыми накидками.

— Чего они все с зонтиками, как дикари? — удивился Жбанков, ступая в глубокую лужу.

— Потише, — говорю.

Театр «Ванемуйне» был построен сравнительно недавно. Мраморные лестницы, просторные холлы, гулкое эхо. Над входом — синий транспарант (в Эстонии любят синие транспаранты):

«Слава бывшим узникам фашистских концентрационных лагерей!»

Мы нашли распорядителя, представились. Он сказал:

— Программа такова. Сперва — эмоциональная часть. Встреча старых друзей. Затем — торжественный митинг. И наконец — банкет. Кстати, вы тоже приглашены.

— Еще бы, — сказал Жбанков.

В холлах бродили люди с орденами и медалями. В основном — группами по нескольку человек. Они курили и тихо беседовали.

— Что-то не видно эмоций, — сказал Жбанков.

Распорядитель пояснил:

— Узники собираются ежегодно. Лет двадцать подряд. Эмоциональная часть скоро кончится. Торжественный митинг продлится около часа. Даже меньше. Затем — банкет...

— С вытекающими оттуда последствиями, — неожиданно захохотал Жбанков.

Распорядитель вздрогнул.

— Извините, — говорю, — мне бы надо с людьми поговорить. Записать кое-что.

Распорядитель остановил высокого плотного мужчину:

— Знакомьтесь. Лазарь Борисович Слапак, инженер-конструктор, бывший узник Штутгофа.

Я тоже представился.

— Меня угнали в Штутгоф за антифашистскую деятельность и организацию побегов. А до этого я находился в Польше...

Слапак говорил быстро и уверенно. Видно, привык иметь дело с журналистами.

— Вас, наверное, интересуют любопытные факты? — спросил он.

Я кивнул.

— Давайте присядем.

Мы сели на диван. К нам присоединились двое. Сравнительно молодой человек в кителе и грустный старик без руки. Распорядитель назвал их фамилии — Валтон и Гурченко.

Слапак дождался тишины и продолжал:

— Для организации побегов требовались средства. Стали думать, как их раздобыть. И, представьте себе, нашли выход. Я неплохо играл в шахматы. И начальник лагеря был завзятым шахматистом. Решили организовать матч. Назначили приз — восемьдесят марок. Товарищи страстно за меня болели. Я выиграл семь партий из десяти. Начальник лагеря сказал: «Доннерветтер!» — и расплатился...

— Интересно, — перебил его безрукий старик, — очень интересно...

Я записал его фамилию — Гурченко.

До этого старик молчал.

— В чем дело, товарищ? — произнес Слапак.

— Я говорю, неплохо время проводили...

— То есть? — напряженно улыбнулся инженер-конструктор.

— В Мордовию бы тебя года на три, — продолжал старик.

Было заметно, что он слегка пьян.

— Где сидели, товарищ? — вмешался распорядитель. — Дахау, Освенцим?

— В Мордовии сидел, — ответил Гурченко, — в Казахстане... Двадцать лет оттянул как бывший военнопленный...

— Вы думаете, я не сидел?! — рассердился инженер-конструктор. — У меня все почки отбиты! Иоссер знаете? Весляну? Ропчу?..

— Слыхали, — поддержал разговор молодой человек в кителе. — Я в пересыльной тюрьме на Ропче менингитом заболел... Я был мальчишкой, когда оказался в плену. Меня отправили в лагерь. Хотя я не подлежал мобилизации. И не занимался пропагандой. Это было несправедливо. В концентрационном лагере мне не понравилось. Фашисты морили нас голодом. Кроме того, в лагере не было женщин...

— Как же ты, — ехидно спросил безрукий, — на Ропчу попал?

— Очень просто. Нас освободили французы. Я оказался в Париже. Кинулся в советское посольство. Собрали нас человек восемьсот. Усадили в поезд. И повезли на восток... Едем, едем... Москву проехали. Урал проехали...

— Улыбнитесь, мужики, — попросил Жбанков. — Внимание! Снимаю!

— У тебя же, — говорю, — и пленки нет.

— Это не важно, — сказал Жбанков, — надо разрядить обстановку.

Распорядитель тоже забеспокоился. Он поднялся и гулко хлопнул в ладоши:

— Товарищи узники, пройдите в зал!..

Торжественная часть продолжалась всего минут двадцать. Дольше всех говорил сам распорядитель. В конце он сказал:

— Мы навсегда останемся узниками фашизма. Ведь то, что мы пережили, не забывается...

— Он — тоже военнопленный? — спросил я безрукого Гурченко.

— Этот хмырь из театра, — ответил старик, — его партком назначил. Четвертый год здесь выступает... В Мордовию бы его годика на три... На лесоповал...

Тут отворились двери банкетного зала. Мы заняли столик у окна. Жбанков придвинул два недостающих стула. Затем разлил водку.

— Давайте без тостов, — предложил Слапак, — за все хорошее!

Выпили молча. Жбанков сразу налил по второй. Валтон пытался досказать мне свою историю.

— Я был юнгой торгового флота. Немцы ошиблись. Посадили меня ни за что. Я не был военным моряком.

Я был торговым моряком. А меня взяли и посадили. В сущности, ни за что...

Похоже, что Валтон оправдывался. Чуть ли не доказывал свою лояльность по отношению к немцам.

— Чухонцы все такие, — сказал Жбанков, — Адольф — их лучший друг. А русских они презирают.

— А за что им нас любить? — вмешался Гурченко. — За тот бардак, что мы в Эстонии развели?!

— Бардак — это еще ничего, — сказал Жбанков, — плохо, что водка дорожает...

Его физиономия лоснилась. Бутылки так и мелькали в руках.

— Положить вам жаркое? — нагнулся ко мне Слапак.

Жбанков корректно тронул его за локоть:

— Давно хочу узнать... Как говорится, нескромный вопрос... Вы какой, извиняюсь, будете нации?

Слапак едва заметно насторожился. Затем ответил твердо и уверенно. В его голосе звучала интонация человека, которому нечего скрывать:

— Я буду еврейской нации. А вы, простите, какой нации будете?

Жбанков несколько растерялся. Подцепил ускользающий маринованный гриб.

— Я буду русской... еврейской нации, — миролюбиво сформулировал он.

Тут к Слапаку обратился безрукий Гурченко.

— Не расстраивайся, парень, — сказал он. — Еврей так еврей, ничего страшного. Я четыре года жил в Казахстане. Казахи еще в сто раз хуже...

Мы снова выпили. Жбанков оживленно беседовал с Гурченко. Речь его становилась все красочнее.

Постепенно банкетный зал наполнился характерным гулом. Звякали стаканы и вилки. Кто-то включил радиолу. Прозвучали мощные аккорды:

> ...Идет война народная,
> Священная война...

— Эй! Кто там поближе?! Вырубите звук, — сказал Жбанков.

— Пускай, — говорю, — надо же твой мат заглушать.

— Правды не заглушишь! — внезапно крикнул Гурченко...

Жбанков встал и направился к радиоле. Тут я заметил группу пионеров. Они неловко пробирались между столиками. Видно, их задержал ливень. Пионеры несли громадную корзину с цветами.

Миша попался им на дороге. Вид у него был достаточно живописный. Глаза возбужденно сверкали. Галстук лежал на плече.

Среди бывших узников концентрационных лагерей Жбанков выделялся истощенностью и трагизмом облика.

Пионеры остановились. Жбанков растерянно топтался на месте. Худенький мальчик в алом галстуке поднял руку. Кто-то выключил радиолу.

В наступившей тишине раздался прерывистый детский голосок:

— Вечная слава героям!

И затем — троекратно:

— Слава, слава, слава!

Испуганный Жбанков прижимал к груди корзину с цветами.

Чуть помедлив, он крикнул:

— Ура!

В зале стоял невообразимый шум. Кто-то уже вытаскивал из ящиков реквизит. Кто-то плясал лезгинку с бутафорским ятаганом в зубах...

Жбанкова фотографировали ребята из местной газеты.

Его багровое лицо утопало в зелени. Он вернулся к нашему столу. Водрузил корзину на подоконник.

Гурченко приподнял голову. Затем снова уронил ее в блюдо с картофелем.

Я придвинул Жбанкову стул.

— Шикарный букет, — говорю.

— Это не букет, — скорбно ответил Жбанков, — это венок!..

На этом трагическом слове я прощаюсь с журналистикой. Хватит!

Мой брат, у которого две судимости (одна — за непредумышленное убийство), часто говорит:

— Займись каким-нибудь полезным делом. Как тебе не стыдно?

— Тоже мне учитель нашелся!

— Я всего лишь убил человека, — говорит мой брат, — и пытался сжечь его труп. А ты?!

Послесловие

Эпизоды «Компромисса» создавались — и печатались — как самостоятельные новеллы, не снабженные, как правило, газетными преамбулами. Они понадобились для придания книге единого сюжетного целого при ее публикации в 1981 году эмигрантским издательством «Серебряный век» (Нью-Йорк). Через два года книга вышла в США по-английски и снискала сплошь положительные отзывы в прессе.

Ни в русское, ни в американское издание не был включен «Компромисс десятый», написанный в 1984 году и существовавший как самостоятельный рассказ под названием «Лишний». За год до смерти, готовя свои сочинения для публикации на родине, Довлатов включил его в состав «Компромисса». Таким образом, нынешний вид книга приобрела в 1989 году. Увы, появления ее на книжных прилавках автор не дождался: 24 августа 1990 года он умер в Нью-Йорке, не дожив до пятидесяти.

В литературе Довлатов существует так же, как гениальный актер на сцене, — вытягивает любую провальную роль. Сюжеты, мимо которых проходят титаны мысли, сюжеты, становящиеся в лучшем случае скудной добычей газетных поденщиков, превращаются им в перлы создания.

Довлатов и сам был журналистом, и сам не раз писал сомнительные репортажи, подобные тем, что он приводит в «Компромиссе» как своего рода пародийные «эпиграфы» к рассказанным дальше «действительным» историям. Частью эти безымянные преамбулы сочинены и даже были напечатаны в середине семидесятых лично Довлатовым, когда он работал в эстонских газетах. Конечно, даты, расставленные под этими «документальными свидетельствами», весьма произвольны, равно как и сами вырезки не обязательно взяты из реальных газет.

Эстетика Довлатова зиждется на убеждении: правдивый вымысел в искусстве дороже правды факта. Реализм Довлатова — театрализованный реализм. Прозаик писал не о том, «как живут люди», а о том, *как они не умеют жить*. По правде говоря, не очень-то умел жить и сам автор всех этих невыдуманно-выдуманных историй.

Помноженное на талант неумение жить «как все» в шестидесятые—семидесятые годы, когда Сергей Довлатов шагал по ленинградским проспектам и таллинским крепостным валам в литературу, было равнозначно катастрофе. Судьба обрекла его на роль диссидентствующего индивидуалиста, хотя уж кем-кем, а диссидентом он никогда не являлся. «После коммунистов я больше всего ненавижу антикоммунистов» — таким было его политическое кредо в России, еще более укрепившееся в Америке.

Если Довлатов и был обличителем, то это был какой-то странный, сердечный обличитель. Общаться с людьми он хотел много больше, чем их обличать. На прозу нашей жизни он смотрел так, как если бы она сама по себе являла собой образчик искусства прозы.

Андрей Арьев

Содержание

Компромисс первый...................................... 9

Компромисс второй 10

Компромисс третий 13

Компромисс четвертый................................... 28

Компромисс пятый....................................... 29

Компромисс шестой...................................... 55

Компромисс седьмой 79

Компромисс восьмой 82

Компромисс девятый.................................... 127

Компромисс десятый 132

Компромисс одиннадцатый............................. 180

Компромисс двенадцатый 210

Послесловие. *А. Арьев* 220

Довлатов С.

Д 58   Компромисс / Сергей Довлатов. — СПб. : Азбука, Азбука-Аттикус, 2018. — 224 с. — (Азбука-классика).

ISBN 978-5-389-02277-5

Сергей Довлатов — один из наиболее популярных и читаемых русских писателей конца XX — начала XXI века. Его повести, рассказы и записные книжки переведены на множество языков, экранизированы, изучаются в школе и вузах. «Заповедник», «Зона», «Иностранка», «Наши», «Чемодан» — эти и другие удивительно смешные и пронзительно печальные довлатовские вещи давно стали классикой. «Отморозил пальцы ног и уши головы», «выпил накануне — ощущение, как будто проглотил заячью шапку с ушами», «алкоголизм излечим — пьянство — нет» — шутки Довлатова запоминаешь сразу и на всю жизнь, а книги перечитываешь десятки раз. Они никогда не надоедают.

УДК 821.161.1
ББК 84(2Рос-Рус)6-44

Литературно-художественное издание

СЕРГЕЙ ДОВЛАТОВ
КОМПРОМИСС

Ответственный редактор Кирилл Красник
Художественный редактор Валерий Гореликов
Технический редактор Татьяна Раткевич
Корректор Анастасия Келле-Пелле
Главный редактор Александр Жикаренцев

Подписано в печать 30.11.2017. Формат издания 75 × 100 $^1/_{32}$.
Печать офсетная. Тираж 4000 экз. Усл. печ. л. 9,87. Заказ №0014/18.

Знак информационной продукции
(Федеральный закон № 436-ФЗ от 29.12.2010 г.): 18+

ООО «Издательская Группа „Азбука-Аттикус"» —
обладатель товарного знака АЗБУКА®
119334, г. Москва, 5-й Донской проезд, д. 15, стр. 4

Филиал ООО «Издательская Группа „Азбука-Аттикус"» в Санкт-Петербурге
191123, г. Санкт-Петербург, Воскресенская наб., д. 12, лит. А

ЧП «Издательство „Махаон-Украина"»
04073, г. Киев, Московский пр., д. 6 (2-й этаж)

Отпечатано в соответствии с предоставленными материалами
в ООО «ИПК Парето-Принт».
170546, Тверская область, Промышленная зона Боровлево-1, комплекс № 3А.
www.pareto-print.ru

ПО ВОПРОСАМ РАСПРОСТРАНЕНИЯ ОБРАЩАЙТЕСЬ:

В Москве: ООО «Издательская Группа „Азбука-Аттикус"»
Тел.: (495) 933-76-01, факс: (495) 933-76-19
E-mail: sales@atticus-group.ru; info@azbooka-m.ru

В Санкт-Петербурге:
Филиал ООО «Издательская Группа „Азбука-Аттикус"»
Тел.: (812) 327-04-55, факс: (812) 327-01-60. E-mail: trade@azbooka.spb.ru

В Киеве: ЧП «Издательство „Махаон-Украина"»
Тел./факс: (044) 490-99-01. E-mail: sale@machaon.kiev.ua

Информация о новинках и планах на сайтах:
www.azbooka.ru, www.atticus-group.ru

Информация по вопросам приема рукописей и творческого сотрудничества
размещена по адресу: www.azbooka.ru/new_authors/

Y-VAK-7471-11-R